ALBERT DECROIX

FLEURS
D'UN JOUR

POÉSIES

PARIS
GARNIER FRÈRES, LIBRAIRES-ÉDITEURS
6, RUE DES SAINTS-PÈRES, ET PALAIS-ROYAL, 215

1856

FLEURS D'UN JOUR

PARIS. — IMP. SIMON RAÇON ET COMP., RUE D'ERFURTH, 1.

ALBERT DECROIX

FLEURS

D'UN JOUR

POÉSIES

PARIS

GARNIER FRÈRES, LIBRAIRES-ÉDITEURS

6, RUE DES SAINTS-PÈRES, ET PALAIS-ROYAL, 215

1856

Est-il vrai que, lorsqu'un sentiment vif, profond, tendre ou passionné s'est emparé de votre cœur, que lorsque vous avez cherché à revêtir ce sentiment d'une expression qui y réponde, est-il vrai que vous ne puissiez guère produire que ce double résultat : l'ennui et l'absurdité?

Si je suis amené à faire cette question, c'est que partout autour de moi j'entends dire que rien n'est ennuyeux comme de lire des vers, que la poésie est tombée pour ne jamais se relever, qu'elle ne contient que des niaiseries, qu'elle n'a aucun but, aucune utilité, qu'elle n'est qu'un abus, enfin, nuisible comme tous les abus.

Si je n'avais entendu faire ces reproches que par des esprits illettrés et vulgaires, je ne prendrais pas la peine d'y répondre; mais des gens instruits, éclairés, adressent de bonne foi ces reproches à la poésie, et voudraient proscrire à jamais le langage poétique.

Si ces personnes se bornaient à affirmer qu'il vaut mieux écrire de la prose que d'écrire de mauvais vers, que les mauvais vers sont la chose du monde la plus fastidieuse, qu'il n'est pas donné à beaucoup d'en écrire de bons, je trouverais ces réflexions fort justes, et je pourrais, comme beaucoup d'autres, en faire mon profit. Mais ce n'est pas là qu'on s'arrête : on incrimine la poésie et la versification qui en est l'expression, et l'on voudrait la bannir comme les Spartiates avaient banni la musique de leurs mœurs.

Mais ne voyez-vous pas qu'en voulant bannir la poésie et son langage il vous faut d'abord arracher du cœur tout ce qu'il y a de jeune, d'ardent, d'aspirations, de foi et d'amour? Ne voyez-vous pas que la poésie c'est l'essence même de l'âme ; que lorsqu'on sent naître en soi une pensée noble, grande, généreuse, cette pensée, c'est de la poésie? L'amour d'une mère pour son enfant, la pitié que nous inspire une souffrance, le plaisir que nous avons à la soulager, ce sentiment qui fait battre notre cœur au souvenir de la patrie absente et de tous ceux qui nous sont chers, cette sympathie qui nous fait rechercher nos semblables, mais surtout cette influence toute divine et charmante qui rapproche deux êtres jeunes et beaux, qui confond leur regard, leur souvenir et leur âme tout entière... tout ce qui est bon, tout ce qui est saint, tout ce qui est jeune et spontané, c'est de la poésie. « Ah ! la poésie ne peut mourir, dit quelque part Lamartine, puisqu'elle est si vivante dans la jeunesse, et qu'elle a toujours des lévites pour l'adorer dans le temple et entretenir sa flamme sur l'autel ! »

Vous dites qu'elle n'est pas utile. Quand vous vous sentez desséché par les travaux d'un ordre tout matériel, par les calculs de l'intérêt, par ce qu'on nomme les affaires du monde, c'est-à-dire une combinaison de ruse, de chicane et de cupidité, si vos yeux viennent à s'arrêter sur une page dont la lecture rafraîchisse votre âme, vous fasse quitter un instant cette fange du monde pour vous élever à des régions plus pures, pour vous rendre meilleur enfin, n'est-ce pas là un but utile?

Il en est qui ne vont pas aussi loin et qui admettent la poésie ; mais ce qu'ils n'admettent pas, c'est la langue poétique, ce sont les vers. Si vous voulez faire de la poésie, faites-la en prose, vous diront-ils. Il est certain qu'on peut tenir un langage poétique en prose; j'en ai lu qui contient plus de poésie qu'une foule de vers de ma connaissance, sans excepter les miens. Mais il n'en reste pas moins évident que ce rhythme, cette mesure cadencée, cette musique, cette forme harmonieuse, enfin, sont plus propres que la prose à donner une expression aux pensées, aux sentiments élevés qui sont en nous. Pour plaire à l'âme, pour flatter le goût, pour réveiller ce qu'il y a de plus fin, de plus délicat, de plus exquis dans notre faculté de sentir, ne faut-il pas un peu s'adresser aux sens? Or cette forme rhythmée, musicale, qui charme les yeux et l'oreille, ne doit-elle pas atteindre ce but plus sûrement et plus facilement que le langage de la prose, qui convient davantage à l'histoire, à la philosophie et aux mathématiques?

Ces reproches ne viendraient-ils pas de ce que trop souvent on a traduit en vers des pensées qui ne demandent pas, qui excluent même cette forme. Je pense fermement que la poésie ne trouve sa source que dans le cœur ou le sentiment, et dans l'imagination. Or combien n'a-t-on pas écrit de vers dont l'inspiration n'avait pas été puisée à cette source? J'ai souvent lu des poésies qui ont plus frappé, étonné mon intelligence qu'elles n'ont touché mon cœur. La force, l'énergie, la profondeur des pensées, l'élévation, la grandeur du style, le génie même, tout cela, pour atteindre le but du poëte, vaut-il le naturel, la simplicité, la grâce et le sentiment? Ce n'est pas l'admiration que le poëte doit chercher, c'est l'émotion, c'est l'attendrissement.

Et qu'on ne m'accuse pas de parler pour moi : je crains bien de n'avoir pas atteint ce but que j'indique; mais je n'en aurai pas moins dit, je crois, la vérité.

Me pardonnera-t-on ces quelques vers échappés à ma première jeunesse? Je sais qu'on en trouvera beaucoup de mauvais; mais peut-être voudra-t-on bien m'absoudre en faveur de ce vif désir que j'ai toujours eu de faire éprouver aux autres ce que j'ai cru éprouver moi-même de bon et de généreux, de contribuer autant qu'il est en moi à détourner quelquefois les esprits de cette voie où les entraînent toutes ces préoccupations, tous ces besoins, tous ces intérêts matériels qui flétrissent les fleurs de l'âme et engendrent l'égoïsme. Qu'on me pardonne encore cette personnalité, le défaut nécessaire, pour ainsi dire, des jeunes cœurs qui racontent naïvement ce qu'ils éprouvent, ce qu'ils ressentent. Enfin, si l'on trouve à quelques-uns de ces vers un peu trop de couleur, un tour un peu trop vif, je pourrais encore chercher une excuse en disant qu'ils sont l'expression d'un sentiment vrai, ardent et spontané, et non une de ces ironies faites à froid, comme tout le monde en a lu et que personne ne blâme.

15 juillet 1856.

FLEURS D'UN JOUR

I

ODE A LA POÉSIE

Poëte fugitif, pourquoi chanter encore?
Hélas ! ta pauvre muse a vu pâlir l'aurore
De ces jours fortunés
Où les fleurs sous ses pas jonchaient les vertes plaines,
Où les vents caressaient de plus fraîches haleines
Ses autels couronnés...

D'autres temps ont paru : la poésie errante,
Proscrite, méconnue, est maintenant mourante :
De ses derniers soupirs

Elle voudrait encore entretenir le monde,
Et partout on lui dit : Va, pauvre moribonde,
Laisse-nous nos loisirs !

Mais, avant de mourir, ô muse délaissée !
Viens avec ton amour et ta triste pensée,
Viens retrouver tes bois :
C'est là que tu naquis, c'est là qu'est ton image,
C'est là que tu trouvas ton céleste langage
Pour la première fois.

Pour toi, l'air est fatal au séjour de la ville :
Ils ne l'ont point chanté, Théocrite et Virgile,
Ce séjour empesté
Où la pensée étouffe, où l'âme s'étiole,
Où les yeux voient partout un éternel symbole
Du chiffre seul vanté.

Ils venaient s'inspirer au sein de la nature ;
Ils chantaient les ruisseaux et la riche verdure
Et le calme des bois;
Les échos, attendris de leurs chants si suaves,
Répétaient à leur tour, plus plaintifs et plus graves,
Les accents de leurs voix.

Oh ! pourquoi, trop souvent, muse vierge et sacrée,
A prix d'or souillas-tu la parure admirée
Que tu reçus des cieux?

Lorsqu'au plus haut des airs ton front brille et rayonne,
Ah ! devais-tu flétrir ta divine couronne
Si suave à nos yeux !

Ta mission, à toi, devait être divine :
Tu devais révéler ta céleste origine
Par tes chants inspirés !
Tu devais, sur ton front, laisser briller l'empreinte
Que Dieu seul a marquée, et conserver la crainte
De ses ordres sacrés !

Poëte, oh! crois-le donc : la seule poésie,
Celle qu'en tous les temps avaient toujours choisie
Les chantres immortels,
Celle qui fait briller la flamme la plus pure,
Trouve au fond de nos cœurs sa sublime nature,
Ses vœux et ses autels !

A-t-on pu t'oublier, si telle est ton essence ;
A-t-on pu profaner ton culte que j'encense
Avec un saint amour,
Si, toujours, on sent battre au fond de sa poitrine
Ce cœur où tu puisas cette essence divine,
Plus pure qu'un beau jour ?...

Oh ! tu ne peux mourir !... une voix me le crie !
Si tu fus arrachée à ta douce patrie,
C'est que, trop novateur,

Notre esprit, s'élançant dans sa vaste carrière,
Oublia, pour franchir une immense barrière,
Ton souffle inspirateur.

Mais, dans le tourbillon où s'agite le monde,
Au sein des flots impurs où notre esprit s'inonde,
Nous écoutons parfois
De célestes concerts qui rafraîchissent l'âme,
Des accents doux et purs qui ravivent sa flamme
Et partent de ta voix.

O poésie! alors, tu nous apparais telle
Que tu fus autrefois, ô déesse immortelle!
Dans l'heureux âge d'or,
Quand les mortels, au seuil des portes de la vie,
Chantaient,... et, pour revoir l'éternelle patrie,
Voulaient chanter encor!

Si ces temps sont passés et toute leur richesse,
Hélas! si de nos jours l'affreuse sécheresse
Vint flétrir notre cœur,
Peut-être reste-t-il, pour témoins d'un autre âge,
Quelques débris épars, échappés du naufrage,
Dans ce siècle moqueur.

Sur ces débris, poëte! ah! reconstruis un temple!
Ranime ton flambeau! de ton beau ciel contemple
Les dernières lueurs;

Tu trouveras peut-être en ton âme attendrie
Quelques rayons encor, pour que ta voix, qui prie,
S'élance avec tes pleurs.

Poëte, chante donc! les accents de ta lyre
Auront, comme un écho, plus d'un cœur qui soupire,
Brisé par la douleur;
Tu feras, en chantant, sous ta corde sonore,
Pour les êtres heureux, oh! tu feras éclore
La plus suave fleur.

Chante, car de tes chants la jeune et tendre mère
Endort, en le berçant, son enfant qui sur terre
Est son plus cher trésor;
Chante, car de tes chants la douce jeune fille
S'inspire, un soir d'été, sous l'étoile qui brille,
Dans ses beaux rêves d'or!

Chante tes pleurs si doux, chante tes saints mystères,
Chante tes vœux si purs, tes songes solitaires,
Ton ineffable amour!
Et ta muse, peut-être, en une âme attendrie,
Aura dans ce désert une oasis chérie
Pour son heureux séjour.

1850.

II

Que fait-elle à cette heure aux champs de la patrie?
Je crois entendre encor ses suaves accents,
Quand, le soir d'un beau jour, de son âme attendrie,
Au ciel montait l'encens.

Toi par qui j'ai vécu, je le sens à cette heure,
Ton souvenir charmant conserve toujours pur
Mon amour qui naquit au seuil de ta demeure
Et sous un ciel d'azur.

Qu'après tous les regrets d'une trop longue absence,
Viennent les ris joyeux et les jeux d'autrefois,
Quand, dans les jours d'été, nous volions à la danse
Où courions dans les bois.

Sur ton front de seize ans laisse-moi voir encore
L'ardeur et le plaisir briller de tant de feux;
Lorsqu'au milieu d'un bal il criait : Je t'adore!
Mon regard amoureux!

Alors c'était le temps où, dans l'insouciance,
Nous suivions au hasard les sentiers du bonheur,
De la vie ignorant la funeste science,
Ignorant la douleur.

Alors, nous inondant des flots de sa lumière,
Un soleil toujours pur brillait sur nos amours,
Et, dans un ciel serein parcourant sa carrière,
Illuminait nos jours.

Le temps pour nous passait sur son aile rapide,
Ne laissant après lui ni soucis ni regrets;
Dans notre cœur, l'espoir, qui nous servait de guide,
En dérobait les traits.

Heureux jours!... ils sont loin! Comme leur souvenance
Vient bercer mon esprit de ses riants tableaux!
Qu'êtes-vous devenus, jours de l'adolescence,
O mes jours les plus beaux!

Est-il passé, ce rêve, avec tout son prestige?
Sous un souffle glacé doit-il s'évanouir?

Et la fleur de mes ans, s'inclinant sur sa tige,
Doit-elle se flétrir?

Par pitié, laissez-moi retourner en arrière,
Et parcourir encor les sentiers d'autrefois,
Quand j'inondais mon cœur d'amour et de prière
Au milieu de mes bois !

Laissez-moi revenir aux jours de mon enfance !
Alors j'étais heureux, le printemps et les fleurs
Faisaient naître pour moi des songes d'espérance
Aux riantes couleurs.

Rendez-moi mes beaux soirs avec mes rêveries,
Mes ombrages charmants tout remplis de concerts;
Rendez-moi le flot pur de mes rives fleuries,
Et mes pins toujours verts.

Rendez-moi, rendez-moi ma limpide Moselle
Dont les flots me berçaient à l'ombre des ormeaux,
Où je glissais, rêveur, au gré de ma nacelle,
Et penché sur ses eaux.

1849.

III

À tous il promettait une longue carrière,
Il était plein de vie, il était jeune et beau...
Ne reste-t-il de lui qu'une froide poussière,
Qu'un seul mot de regret inscrit sur un tombeau?
O mort! il est donc vrai, sans pitié, sans relâche,
Tu nous couvres partout des voiles du cercueil,
Sans ralentir jamais ton implacable tâche,
Sans dépouiller un jour nos vêtements de deuil!
Nos parents, nos amis, ceux qui font notre joie;
Ceux que, pour voyager, nous tenons par la main,
En un matin funeste, ils deviennent ta proie,
Nous laissant suivre seuls notre aride chemin...

2.

— Pauvre ami, s'il est vrai que l'âme, après la vie,
S'envole loin d'ici vers un autre séjour,
S'il est vrai que la mort, ici-bas, soit suivie
D'un monde plus heureux où brille un plus beau jour,
Daigne alors écouter ma voix triste et plaintive,
Comme tu l'écoutais, lorsque autrefois, pour nous,
Dans nos soirs s'écoulait l'heure trop fugitive,
Alors que nous avions des entretiens si doux...
— Te souvient-il, ami, de ces courses lointaines,
Où nous suivions, heureux, des sentiers ignorés,
Quand nos pas s'égaraient sur les monts, dans les plaines,
Dans les antres touffus de nos bois adorés?...
Oh! tu les aimais bien ces retraites profondes,
Asiles de mystère et de paix et d'amour,
Où, retirés tous deux et rêvant d'autres mondes,
Nous attendions souvent les derniers feux du jour.
Hélas! je les revois... mais je suis solitaire!
Ami, tu n'es plus là pour verser dans mon cœur
Les secrets de ton âme ignorés de la terre,
Pour me redire encor tes rêves de bonheur...
Je suis seul... je gémis... C'est en vain que j'appelle,
Nulle voix ne répond à mes tristes accents;
Mais, encor, si du haut de ta sphère éternelle
Tu reconnais ma plainte et mes vœux incessants,
Je t'en prie, à genoux, que ton ombre chérie
Redescende du ciel dans ce triste séjour
Où, pour moi maintenant, toute joie est flétrie,
Où je dus au bonheur dire adieu sans retour.

Le bonheur,... quel est-il sans l'amitié si pure
Où l'âme, chaque jour, épanche ses secrets?
Le bonheur est-il bien sans l'ami qui rassure
Et calme d'un seul mot nos douleurs, nos regrets;
Qui partage nos pleurs ainsi que notre joie,
Qui console nos maux et redonne l'espoir,
Qui nous montre en chemin, quand le ciel nous l'envoie,
Le banc où, fatigués, nous pouvons nous asseoir?
O Gaston! c'en est fait... ils ont fui comme l'ombre,
Ces jours qui ne sont plus qu'un songe de bonheur!
Qu'il m'est facile, hélas! d'en mesurer le nombre!
Combien ce souvenir m'apporte de douleur!
Pourrai-je l'oublier : quand ton front de poëte
Brillait des feux ravis aux foyers éternels,
Des secrets du ciel même éloquent interprète,
Tu me disais tes chants... O moments solennels!
Comme ensemble nos cœurs, enivrés de mystère,
S'échauffaient aux rayons d'un pur et saint amour!
Comme ensemble, oubliant les choses de la terre,
Ils s'envolaient bien haut... dans l'éternel séjour!
Rêve trop tôt fini, lueur, rapide aurore
Qu'un nuage est venu dissiper à mes yeux...
Pauvre ami que je pleure, ah! je t'appelle encore!
Mais tu ne m'entends plus... Je suis si loin des cieux!

1850.

IV

Quand le bonheur que rêve la jeunesse
Est dans la vie un fantôme trompeur ;
Quand de l'amour s'évanouit l'ivresse,
Ombre qui fuit, éphémère vapeur ;
Quand tous, hélas ! nous avons l'assurance
Que vivre ici, pour chacun c'est souffrir,
Et puis qu'après, après... il faut mourir !
Qu'est-ce, mon Dieu, que l'espérance?

Qu'il était beau, pauvre mère éplorée,
Ce petit ange au teint rose, aux yeux bleus !
Tu l'aimais tant !... et sa lèvre dorée,

Et ses longs cils avec ses longs cheveux...
Toute ta joie est changée en souffrance :
Lui, ton espoir, ton cœur, ton rêve d'or!
Lui, ton enfant... là-bas, là-bas, il dort...
  Qu'est-ce, mon Dieu, que l'espérance?

En parcourant les fastes de l'histoire,
En admirant tous les noms glorieux,
Mon cœur ardent avait rêvé la gloire!
Et je souffrais de n'être pas comme eux :
Science, gloire... Ah! mieux vaut l'ignorance!
Pour cet espoir qui vous était offert,
O vous, savants! vous avez bien souffert!
  Qu'est-ce, mon Dieu, que l'espérance?

L'enfant espère avancer dans la vie;
Il veut grandir, il veut voir, éprouver;
Notre âge, à nous, de loin lui fait envie;
Ce qu'il espère, il pense le trouver.
Ce jour arrive : — il regrette l'enfance;
Ces jeux si doux, hélas! ils ne sont plus,
Et ses regrets deviennent superflus...
  Qu'est-ce, mon Dieu, que l'espérance?

J'ai dit aussi : — « Notre plus pure joie
« Est dans l'espoir; c'est un présent du ciel,
« C'est le flambeau qui brille sur la voie
« Où nous cherchons un pur rayon de miel... »

— Mais, en suivant avec persévérance
Ce beau chemin où pousse chaque fleur,
Au but, enfin, nous trouvons la douleur...
Qu'est-ce, mon Dieu, que l'espérance?

Loin de mes yeux, ce brillant météore
Qui vous fait voir un trompeur horizon!
Si d'un beau jour il vous semble l'aurore,
C'est pour leurrer les sens et la raison;
Loin de mon cœur cette fausse apparence
Qui, trop souvent, vint bercer mon sommeil;
Ah! désormais, je crains trop le réveil!
Je ne veux plus de l'espérance.

1854.

V

Si vous avez reçu la première caresse
Du souffle doux et pur qui nous remplit d'ivresse
Lorsqu'avril reparaît tout couronné de fleurs,
Lorsqu'après un long deuil la terre rajeunie
Étincelle partout de joie et d'harmonie
En ses riches couleurs;

Si vous avez surpris dans son premier sourire
La fleur qui vient de naître et qui déjà se mire,
Heureuse d'être belle, au cristal d'un ruisseau,
Quand, sous les premiers feux du soleil qui les dore,
On voit tous les bourgeons reverdir, près d'éclore
Sur le frêle arbrisseau;

Si, de son premier chant l'oiseau qui se réveille,
Au fond des bois riants a charmé votre oreille
Lorsqu'il unit sa voix au murmure du vent,
Et que, rempli d'amour, marchant à l'aventure,
Écoutant tous ces bruits de la jeune nature,
Vous errez en rêvant ;

Si, le soir d'un beau jour, quand le ciel est sans voile,
Vous avez vu briller cette première étoile
Qu'on croirait le regard d'un ange radieux,
Alors que, vers les cieux, votre âme solitaire
Élève, libre et pure, au loin de cette terre,
Son vol mélodieux ;

Quand vous supportez mal la solitude et l'ombre,
Quand la tristesse accourt de sa demeure sombre
Montrer à vos regards son visage ennemi,
Si vous avez alors, en relevant la tête,
Vu paraître joyeux, comme en un jour de fête,
Votre premier ami ;

Mais, avant tout encor, si vous pouvez entendre
Des premières amours cette voix fraîche et tendre
Par un doux souvenir chanter dans votre cœur,...
A personne, ici-bas, ne portez plus envie,
Ne désirez plus rien, vous connaissez la vie,
Vous savez le bonheur.

1856.

VI

LA CHARITE

Donnez, petit enfant, à l'enfant votre frère
Qui pleure et vous sourit en vous tendant ses bras;
Il n'a contre le froid que le sein de sa mère,
Voyez comme il a faim... ne le repoussez pas.
Il priera bien pour vous, et vos amis les anges,
A qui vous ressemblez, chanteront dans les cieux;
Ils diront votre nom, ils diront vos louanges,
Et puis vous enverront des songes gracieux.

. . . .

Jeune homme, qui voyez le printemps de la vie,
Comme on le voit toujours, riant et plein d'espoir,
Vous ignorez encor que la joie est suivie
De douleurs ici-bas, comme un matin du soir;
Vous ignorez encore — au sein de la richesse,
De tous les dons du ciel, de la félicité, —

Que d'autres n'ont connu, dans l'affreuse détresse,
Que ces deux mots, hélas ! souffrances, pauvreté.
Ah ! puisque le bonheur vous paraît en ce monde
Devoir briller pour tous, comme il brille pour vous,
Puisque dans votre cœur autant de joie abonde,
Donnez au mendiant qui demande à genoux :
Quand vous êtes heureux, il se lamente, il pleure;
Lorsque tout vous sourit, il n'espère plus rien;
Vous avez tous les biens, une heureuse demeure :
Sur la terre, pour lui, l'honneur est tout son bien.
Bon jeune homme, donnez : la main qui vous implore
Est celle qui, toujours, partout vous bénira;
Vous aurez vu la vie à sa plus douce aurore...
Vous aurez de beaux jours, car Dieu vous le rendra.

. . . .

Jeune fille au cœur pur qu'on admire et qu'on aime,
Si vous voulez toujours charmer les yeux, le cœur,
Si vous voulez goûter le bonheur du ciel même,
Allez aux malheureux, consolez la douleur.
Dans vos plus beaux atours, vos plus beaux jours de fête,
Quand sur vous brilleront rubis et diamants,
Quand vous méditerez la plus belle conquête,
Au milieu de ces fleurs et de ces ornements
Ravissez une perle à votre chevelure
Pour donner à celui qui demande du pain :
Vous goûterez alors une volupté pure,
Car vous serez plus belle, et lui n'aura plus faim...
Donnez, car la pitié dans une jeune fille,

C'est un sourire d'ange, un doux rayon du ciel;
C'est pour les malheureux une étoile qui brille;
C'est, dans leurs jours d'orage, un divin arc-en-ciel;
Donnez, car c'est l'amour qui parle et vous inspire
Quand vous rendez la vie à quelque infortuné :
Dans le monde, l'amour, n'est-ce pas votre empire?
L'amour à votre cœur, c'est Dieu qui l'a donné...
Allez à l'orphelin, à la mère éplorée,
Au malade indigent qui n'a plus qu'à mourir...
Apportez l'espérance à leur âme enivrée :
Qu'en vous voyant paraître ils cessent de souffrir...
Ah! puissiez-vous alors, pour cet amour suprême,
Puissiez-vous être heureuse aux moments solennels,
Lorsqu'un jour, devant Dieu, pour celui qui vous aime,
Vous offrirez des vœux, des serments éternels!

. . . .

Mère, qui pouvez voir vos enfants vous sourire,
Qui pouvez leur donner le pain de chaque jour,
Entendez-vous là-bas une voix qui soupire?...
Mère heureuse, écoutez : on parle à votre amour.
C'est aussi, comme vous, une mère au cœur tendre;
Près d'elle est son enfant que la faim a pâli...
On passe à ses côtés sans la voir, sans l'entendre;
Elle prie en pleurant et ne voit que l'oubli.
Mais ses yeux, pour pleurer, n'ont presque plus de larmes,
Sa voix manque d'accents pour dire ses douleurs!
Que lui restera-t-il?... car c'étaient là ses armes :
Les plaintes, les soupirs, les regrets et les pleurs...

Son enfant va mourir ! Ah ! rendez-lui la vie !
Sa mère n'a que lui pour consoler ses jours ;
A son cœur déchiré la joie était ravie,
Rendez-lui tout son bien, son espoir, ses amours.

. . . .

Père, époux, homme enfin, qui reçus dans ton âme
La force que le ciel pouvait seul te donner,
Laisse briller en toi cette divine flamme :
Tu règnes ici-bas... sois digne d'ordonner !
La plus belle vertu des princes de la terre,
N'est-ce pas dans leurs cœurs l'ardente charité ?
Le monde, par ce mot d'amour et de mystère,
En un jour glorieux fut pour nous racheté !
Homme au cœur noble et fier, à la raison féconde,
Ranime le flambeau du séjour des mortels !
Achève d'embraser et de sauver le monde !
Amour et charité... que ce soient tes autels !
Ah ! ces temps de bonheur qui ne sont plus qu'un rêve,
Où les hommes vivaient de paix et de douceur,
Ce songe d'un instant, un souffle nous l'enlève :
C'est un souffle de haine et qui flétrit le cœur.
Charité !... ce seul mot pourrait faire renaître
Cet empire d'un jour, cet âge fortuné,
Ce printemps de la vie où l'amour fait connaître
Le bonheur le plus pur que le ciel ait donné !
Charité !... Par ce mot, la sanglante discorde,
La guerre qui rendait chaque frère ennemi,
S'enfuiraient pour toujours : le Dieu de la concorde

Ferait tomber sur nous un long regard ami.
Ah! qu'il arrive enfin, ce beau jour de victoire!
Qu'un soleil plus brillant nous éclaire soudain!
Nous en avons perdu trop longtemps la mémoire,
Il nous faut retrouver notre premier chemin.

. . . .

Et vous, que le respect, que l'estime environne,
Vous qui nous enseignez la vie et ses détours,
Vieillards aux cheveux blancs, vous portez la couronne
Que posa sur vos fronts l'ange aimé des longs jours;
Au souvenir lointain de vos jeunes années,
Au nom de votre joie, au nom de vos douleurs,
Au nom de vos amours et de vos destinées,
Ah! vous devez comprendre et la peine et les pleurs.
Si vous avez connu les tourments de la vie,
Si vos pas n'ont foulé qu'un aride chemin,
Au jeune voyageur qui s'égare et dévie,
Vous qui savez, hélas!... daignez tendre la main.
Si déjà vos regards entrevirent l'aurore
Du jour sans lendemain, de l'éternel bonheur,
Pour celui qui longtemps devra souffrir encore,
Apportez l'espérance et la paix à son cœur.
Montrez-lui, comme à vous, le seul but du voyage;
A ses yeux faites luire un soleil radieux;
En quittant ce séjour, parlez-lui du rivage
Que vous allez atteindre et qu'on nomme les cieux.

1854.

VII

Aimable enfant, quand je vous vois sourire,
Quand le bonheur brille dans vos grands yeux,
Pour vous chanter, je demande à ma lyre
Les sons divins que l'on entend aux cieux.

Sur votre front rayonnant d'espérance,
Que j'aime à voir ces couronnes de fleurs!
Les fleurs des champs, emblèmes d'innocence,
De votre front ont les douces couleurs.

Jouez, enfant, courez dans la prairie,
Sur les ruisseaux penchez-vous en riant,
Et contemplez votre image fleurie
Dans ces miroirs qui se rident au vent.

Oh! vous aimez la douce rêverie
Quand le soleil lance un dernier rayon:
Votre âme alors, qui s'élance et qui prie,
S'envole au ciel et n'a plus d'horizon.

Votre cœur bat quand la brise plaintive
Vient agiter le vert sommet des bois,
Et, soulevant la feuille fugitive,
Porte aux échos un refrain d'autrefois.

Pour vous charmer et pour vous rendre heureuse,
Il faut si peu... c'est la cloche du soir;
C'est, au lointain, la voix harmonieuse
Qui va, disant tous ses beaux chants d'espoir;

C'est une fleur que sur votre passage
Vous admirez, sans oser la cueillir;
C'est un oiseau qui, dans le vert feuillage,
Par ses chansons semble vous accueillir.

Oui, mon enfant, dans ces belles années
Restez toujours... Est-il un autre bien?
Ne rêvez point à d'autres destinées!
Si vous saviez... Ne désirez plus rien!

Plus tard! hélas! cette enivrante joie
Qui vous sourit chaque jour au réveil,
On la voit fuir, et le cœur est en proie
A des douleurs qui chassent le sommeil.

Dois-je troubler le calme de votre âme
Par des tableaux indignes de vos yeux?
N'éteignons point cette divine flamme
Qui brille en vous, comme un rayon des cieux!

Allez, enfant, il est encor sur terre
Des jours nombreux que vous trouverez beaux;
Pour le méchant la vie est solitaire,
Pour vous le ciel aura mille flambeaux.

N'avez-vous pas toujours dans la prairie
Mille ruisseaux, mille bouquets épars;
N'avez-vous pas sur la rive fleurie
Les eaux du lac où tombent vos regards;

N'avez-vous pas le baiser d'une mère,
L'étoile au ciel, la prière du soir;
Et ce bosquet tout rempli de mystère
Où vous allez, rêveuse, vous asseoir?

1846.

VIII

A MADAME DE V...

C'étaient, dans le palais d'un radieux génie,
Des danses où brillaient rubis et diamants,
Des chœurs prestigieux, des sons pleins d'harmonie,
Des sourires du ciel, des visages charmants...
Dans des moissons de fleurs, dans des flots de lumière,
Au milieu des parfums dont on est enivré,
La fée, en ce palais, gracieuse et légère,
Effleurait le parquet de son pas éthéré.
L'oiseau qui, près de vous, dans les branches voltige,
Le sylphe aux ailes d'or qui vous frôle en passant,
La rose que le vent agite sur sa tige,
La gazelle qui court sur le gazon naissant,

Ne pourrait reproduire à vos yeux son image :
Ce que l'âme comprend, un mot ne le rend pas;
Pour la peindre, il n'est pas de couleur, de langage,
Il faut voir à genoux, s'attacher à ses pas...
C'est un rayon divin qui tombe sur votre âme,
C'est le songe enchanteur qu'on fait les nuits d'été,
C'est un mot apporté sur une aile de flamme,
Un mot, sur une lèvre, ardent de volupté!...
C'est la douleur, la joie, un délire, une ivresse,
Le fantôme trompeur du bonheur à venir.
C'est au cœur sans espoir le regret qui l'oppresse,
C'est un soupir qui meurt... un rêve... un souvenir...

185..

IX

DANS SON BERCEAU

Un nouveau-né repose
Dans son frêle berceau,
Comme sous l'arbrisseau
Une fleur fraîche éclose
Se courbe, blanche et rose,
Sur le bord d'un ruisseau.

Doucement il respire
Sur son tendre oreiller;
Il a, sans s'éveiller,
Sur la bouche un sourire;
En silence on l'admire
A le voir sommeiller.

Sans doute, dans un rêve,
Petit ange aux yeux bleus,
Tu te souviens des cieux !
Sur tes ailes achève
Le songe qui t'enlève
Aux palais radieux !

Elle s'ouvre, la chaîne
Qui doit former tes jours :
Quel en sera le cours?...
Dans ton heureux domaine,
Si tu pouvais sans peine
Ainsi rêver toujours !

Pour toi rêver, c'est vivre !
Rêve donc : mais, hélas !
Puisses-tu sous tes pas
Déchirer ce beau livre
Qui promet au cœur ivre
Ce qu'il ne donne pas !

Tu demandes la vie ?...
Enfant, si tu savais
De quels instants mauvais
Une joie est suivie,
Ah ! tu perdrais l'envie
De l'essayer jamais !

Dors : que ta destinée,
Exempte de douleurs,
Se couronne de fleurs;
Ton âme condamnée
Se verrait-elle née
Comme nous pour les pleurs?...

Dors dans ton innocence,
Petit ange du ciel!
Ce qui produit le fiel,
C'est plus tard la science...
Dors, beau d'insouciance,
Et butine ton miel.

Près de lui, jeune mère,
Chante ton doux refrain,
Pose une blanche main
Sur sa couche légère,
Et demande en prière
Un heureux lendemain.

1850.

X

Pourquoi ces fleurs qui couronnent vos têtes,
Jeunes filles, pourquoi tous ces charmants apprêts?
Le plaisir dans vos yeux me dit que dans les fêtes
Doivent briller tous vos attraits.

Et vous aussi, jeunes gens de mon âge,
Vous accourez en foule à ce bal si joyeux
Dont l'espoir est si doux, car du bonheur l'image
Rit dans ces chœurs prestigieux.

Oui, c'est pour vous que brillent ces lumières,
Pour vous que l'air s'enivre au doux parfum des fleurs ;
C'est pour vous, mes amis, ces riantes chimères
Que ne connaissent point les pleurs.

Oh! goûtez-la, cette charmante ivresse;
Des vierges au front pur surprenez les aveux;
Entourez de vos bras leur taille enchanteresse,
Le front penché sur leurs cheveux...

Aux gais refrains de l'orchestre sonore,
Volez, élancez-vous, jeunes couples heureux!
Sur vos ailes volez et murmurez encore
Tout bas de vos mots amoureux.

Votre bonheur, il est vrai, je l'envie;
Mon cœur eût accepté ce délire d'un jour,
Ces fleurs des jeunes ans qui sont toute la vie,
Ces doux préludes de l'amour.

J'aurais voulu... mais qu'importe ma peine?
Qu'importent mes soupirs, mes regrets et mes pleurs?
Si, pour moi seul, hélas! pèse une lourde chaîne,
Portez une chaîne de fleurs.

Si, dans mon âme où la douleur se presse,
Un seul rayon du ciel ne peut point pénétrer,
Que l'aile du bonheur qui passe et vous caresse,
Puisse toujours vous effleurer.

Si, de mes jours, les heures se succèdent
Tristes et sans couleur, mes amis, que vos jours

S'écoulent gais et purs, dans vos jeux qu'ils ne cèdent
  Que pour accorder aux amours.

Tout mon espoir — oh! celui-là me reste!
Dans vos cœurs généreux, c'est un peu de pitié,
C'est enfin le bonheur de Pylade et d'Oreste :
  Mes amis, c'est votre amitié.

1848.

XI

A M. A. DE M.

La gloire!... oh! ce n'est pas un mot vide et sonore,
Une vaine chimère, une ombre que l'aurore
Doit bientôt dissiper;
La gloire! elle appartient à celui qui, sur terre,
Du ciel a su, pour nous, pénétrer le mystère
Et nous émanciper!

Ce sublime dédain, ô stérile sagesse!
C'est toi qui l'exprimas comme un cri de détresse
Dans ton aridité :
Cesse de blasphémer! la gloire, c'est la vie,
C'est le rayon d'en haut, c'est la flamme ravie
A la divinité!

Lorsque Homère exhalait de sa céleste lyre
Les suaves accents que l'univers admire,
N'eut-il pas des autels
Où la gloire eut un culte, où le divin poëte
Allait s'agenouiller... puis relevait la tête
Pour des chants immortels?

Quand, pour prix de ses vers, Pétrarque au Capitole
Eut le front couronné comme d'une auréole,
Ce qu'il dut ressentir
Je voudrais un seul jour le ressentir de même,
Je voudrais en goûter la volupté suprême
Et puis... et puis mourir!

Gloire! fille du ciel, qu'enfanta le génie,
Vis donc pour tes élus, ô source d'harmonie!
O souffle inspirateur!
De Dante et de Milton n'étais-tu pas l'amante,
Lorsqu'ils nous révélaient d'une voix enivrante
Leur amour enchanteur?

Toi que Byron toucha de son ardente flamme,
Et tu la vois aussi descendre dans ton âme,
Cette divinité;
Elle a souri pour toi comme une jeune mère,
Et ce que t'a promis sa tendresse si chère,
C'est l'immortalité!

1852.

XII

Il faut donc l'oublier, éteindre cette flamme,
Anéantir mon cœur, arracher de mon âme
Cet amour noble et pur qui l'élevait au ciel!
Il faut souiller le temple et profaner l'autel!
J'avais rêvé pourtant... Oh! quel rêve sublime!
Mais ce rêve ici-bas, ce rêve était un crime.
Pourquoi, mon Dieu, pourquoi nous donner cet espoir
D'un bonheur qu'en ce monde on ne pourrait avoir?
J'aimais... ô souvenir encor plein de tendresse!
Ô charme trop puissant! ô soupir qui m'oppresse!
Vous êtes les témoins que je souffre toujours,
Que pour moi, désormais, il n'est plus d'heureux jours;

J'aimais... et cet amour occupait tout mon être,
Alors je croyais vivre ou bien plutôt renaître;
Je me sentais grandir, je devenais meilleur,
Je croyais aux vertus, je croyais au bonheur!
Hélas! je m'abusais... mensonge, peine amère,
Ce n'était qu'une erreur, qu'une vaine chimère!
Prestige d'un instant, illusions d'un jour,
Avec vous doit s'éteindre un malheureux amour.
Elle ne peut m'aimer, elle ne peut m'entendre;
Cette flamme si pure et cet amour si tendre
M'embraseraient en vain, le monde ne veut pas
Que j'implore son nom, que je suive ses pas;
Le vent emporterait mon ardente prière,
Entre nous, à jamais, s'élève une barrière
Que je ne puis franchir... Elle ne peut me voir,
Qu'importe ma douleur? n'est-ce pas son devoir?
Il me faut contenir en mon âme oppressée
Les accents douloureux de ma plainte insensée,
Et bannir tout espoir et souffrir... Oh! pourtant,
Mon rêve était si beau! mon Dieu, je l'aimais tant!

. . . .

A moi donc des plaisirs l'enivrante magie!
Il me faut l'oublier?... Que la brûlante orgie
Éteigne mes douleurs! A moi la volupté,
Les amours sans pudeur, la fiévreuse gaieté!
Que, le front couronné, délirant sous l'ivresse,
En chantant je savoure une ardente caresse!
Que j'allume, pour moi, ce magique flambeau

Qui conduise mes pas du plaisir au tombeau!
A moi l'entier oubli d'une blessure vive.
Je suis tombé du ciel... Il faut donc que je vive
Comme on vit sur la terre... A ma lèvre portez
La coupe des plaisirs que tous vous me vantez :
Me voilà, je suis prêt. — Femme qui vends ton âme,
Viens inonder mes sens de ton impure flamme!
Viens m'apprendre la vie... éteins à tout jamais
Jusqu'à son souvenir, jusqu'au nom que j'aimais.
Ah! le ciel est jaloux d'un amour qui l'offense,
Aux mortels il en dut prescrire la défense :
Cet amour est trop pur pour le cœur d'un mortel.
Il faut jouir sur terre, il faut aimer au ciel!
Viens semer sous mes pas les fleurs de cette terre,
Celles qu'on peut cueillir sans douleur, sans mystère;
Sur mes yeux tout en pleurs jette, étends un bandeau,
De mes tourments cruels fais tomber le fardeau.
Dans tes bras j'oublierai mon amour et ma vie,
J'oublierai que mon âme est brisée et flétrie!
J'oublierai que je l'aime à ne pas en guérir,
Que je souffre par trop... que je voudrais mourir!

185..

XIII

PRENDS GARDE A L'OISEILEUR

A Mlle M. L.

Quand je t'ai vu dans le feuillage,
Petit oiseau, charmant lutin,
Pour toi j'ai redouté la cage :
Ah ! mon Dieu ! quel affreux destin !
Du nid charmant qui t'a vu naître,
Ne t'éloigne pas, crains malheur !
Il est fatal de tout connaître...
Ah ! prends bien garde à l'oiseleur !

De branche en branche tu voltiges,
Insouciant, gai, gracieux,
Tu te balances sur les tiges
Des grands arbres voisins des cieux ;

Un rien te distrait et t'enchante :
C'est un papillon, une fleur,
C'est la voix du grillon qui chante...
Ah! prends bien garde à l'oiseleur!

Au ruisseau ta tête se mire
Et tu te trouves bien paré!
Tu veux sans doute qu'on t'admire?
Il est si doux d'être admiré!
Pourtant cette volupté pure
Cache toujours quelque douleur :
Plus qu'une joie un chagrin dure...
Ah! prends bien garde à l'oiseleur!

Vois-tu celui qui te regarde,
Te suit des yeux en tes ébats?
Sa voix t'appelle : ah! prends bien garde!
De trop près ne t'approche pas.
C'est un méchant! il veut te nuire,
C'est un perfide, un enjôleur!
Il fera tout pour te séduire...
Ah! prends bien garde à l'oiseleur!

Plus de liberté, plus de joie,
Plus de feuillage, de gazon;
Des méchants désormais la proie,
Tu n'aurais plus qu'une prison...

Avec la liberté ravie,
Peut-on trouver quelque valeur
Dans le don fatal de la vie?
Ah! prends bien garde à l'oiseleur!

Reste sous l'aile de ta mère
Qui va t'enseigner ses chansons :
Peux-tu, d'une voix étrangère,
Prendre de plus douces leçons?
Qu'au vallon le bonheur renaisse
Et prête à tes chants sa couleur :
Chante l'espoir et la jeunesse,
Mais prends bien garde à l'oiseleur!

1853.

XIV

A M. DE L.

L'oiseau qui, dans son nid, croit déjà que son aile
Pourra bien le guider dans la plaine des cieux,
Mesurant sa puissance à son ardeur nouvelle,
        Part, et d'un vol audacieux
Veut franchir des hauteurs la distance inconnue ;
Mais son espoir le trompe, il n'est pas assez fort :
Au lieu de s'élever, d'aller toucher la nue,
        Il tombe à son premier effort.

Et je voulais de même, ignorant ma faiblesse,
Gravir de l'Hélicon les sentiers glorieux,
Et braver du chemin la ronce qui me blesse,
        Tous les obstacles périlleux ;

Mais je ne puis, hélas ! poursuivre ma carrière,
Mes pieds ensanglantés manquent à chaque pas ;
Inutiles efforts : loin, je reste en arrière
Du but que je n'atteindrai pas.

J'aurais aimé, pourtant, la région divine
Où le poëte habite et chante dans ses vers
Ce que l'esprit ignore et que l'âme devine :
De Dieu tous les secrets divers.
J'aurais voulu chanter ce que le ciel inspire
Au mortel qui parvient à ce monde éthéré,
A ce séjour si pur, où l'air que l'on respire
Rend la vie un songe doré.

Une lyre à la main, au front une couronne,
J'aurais voulu toucher l'oreille des mortels,
Leur dire le bonheur que la vertu nous donne
En des chants sacrés, solennels;
De mes frères charmer les instants de tristesse,
Semer de douces fleurs leur pénible chemin,
Et pouvoir, oh ! pouvoir, dans leurs jours de détresse,
Accourir, leur tendre la main.

Qu'il est saint, qu'il est beau, le rôle du poëte
Qui parle de bonheur, d'espérance et d'amour,
Calme d'un cœur troublé la souffrance secrète,
Y fait briller un plus beau jour !

Tout ce qui peut toucher et consoler notre âme,
Ce qui nous vient du ciel, ce qui nous fait aimer ;
Tout ce qui nous émeut, tout ce qui nous enflamme,
Ce qui peut enfin nous charmer,

C'est sa voix qui l'annonce : il parle de patrie,
Il réveille les cœurs au moment du danger,
Nous appelle aux combats, nous exhorte et nous crie :
« Mort à l'orgueilleux étranger ! »
Il chantait la bataille, il chante la victoire ;
Il pose une couronne au beau front du vainqueur,
Lui donne, en propageant ses hauts faits et sa gloire,
La palme du triomphateur !

Ah ! le poëte, encore, en des flots d'harmonie,
Évoque de nos ans le charmant souvenir,
Ou, s'élevant plus haut sur l'aile du génie,
Nous parle de notre avenir.
Il montre nos vertus de succès couronnées ;
Il tient entre ses mains le céleste flambeau
Qui doit illuminer toutes nos destinées,
Et nous suivre jusqu'au tombeau !

Il chante, le poëte, et la belle jeunesse,
Et le sincère amour, et la franche amitié,
L'ardente charité, l'ineffable tendresse,
La compatissante pitié.

Il dit toute la joie et tout l'espoir qu'inspire
Ce berceau rose et blanc, pur et fragile abri
D'où l'enfant a fait voir son premier doux sourire,
    D'où s'échappa son premier cri.

Il adoucit les pleurs de la mère éplorée,
Lui montre dans le rang des beaux anges du ciel
Un enfant qui sourit à sa mère adorée,
    Pour elle implore l'Éternel.
De sa sphère sublime, il chante, le poëte,
Et les peuples charmés écoutent ses accents,
De sa lèvre dorée, éloquent interprète,
    Il traduit leurs vœux incessants.

O toi qui les connais, ces sommets où la gloire
Est le prix de celui qui put y parvenir,
Toi qui franchis le seuil du temple de Mémoire,
    Si tu daignais me soutenir...
Peut-être qu'en suivant ta trace glorieuse,
Je trouverais parfois, au bord de mon chemin,
Une fleur à cueillir... pour moi si précieuse...
    Et que dédaignerait ta main.

Peut-être qu'un des sons échappés de ta lyre
Trouverait un écho dans le fond de mon cœur:
Peut-être tomberait sur mon âme en délire
    Un des rayons de ta splendeur!

Peut-être je pourrais, appuyé sur ton aile,
M'élancer avec toi dans les champs éthérés,
Et ravir à ta flamme une seule étincelle
Pour moduler des chants sacrés.

J'aurais assez vécu si ta muse fidèle
Avait guidé mes pas l'espace d'un seul jour,
Si j'avais pu produire un seul chant digne d'elle,
Digne de son divin séjour ;
Si, de ton piédestal que la gloire environne,
Un seul de ses regards avait pu me frapper ;
Si, pour moi, je voyais, — ô bonheur ! — s'échapper
Une perle de sa couronne.

1854.

XV

Un jour, si votre ciel se couvrait d'un nuage,
Si les fleurs sous vos pas n'enchantaient plus vos yeux,
Si la douleur, enfin, voilait votre visage
Comme l'hiver voile les cieux,
Souvenez-vous de moi ! votre gaieté cruelle,
Vos perfides projets, pour vous si pleins d'appas,
Dois-je m'en souvenir quand vous êtes si belle ?
Je ne m'en souviens pas.

Si les rires joyeux de l'heureuse jeunesse,
Si les chants du matin avaient cessé pour vous,
Afin que le bonheur à votre espoir renaisse,
Eh bien, je prierais à genoux !

Car vous n'avez pas dû demander à votre âme
Si c'était généreux ? Elle eût dit non, hélas !
Pourtant je ne saurais vous donner aucun blâme,
Je ne m'en souviens pas.

Si quelque homme au cœur froid – il en est dans le monde –
Avait surpris votre âme et s'en faisait un jeu,
Et si vous ressentiez une douleur profonde,
Voici, pour vous, quel est mon vœu :
Pardonnez son erreur comme je vous pardonne,
Et dites-lui ces mots qui suivront tous ses pas :
Tout le mal qu'on me fait, la peine qu'on me donne,
Je ne m'en souviens pas.

185..

XVI

Ce qu'il faut ici-bas pour charmer notre vie,
Hélas ! pourquoi toujours le cherchons-nous en vain,
Quand, après chaque effort, notre peine est suivie
D'un triste lendemain ?

Nous marchons au hasard, poursuivant un fantôme
Qui s'échappe soudain quand on croit le saisir ;
Il devient un géant, il se fait un atome,
Il échappe au désir.

Ce fantôme tantôt se mêle avec la foule,
Tantôt marche tout seul, loin du monde et du bruit ;
Serpent fascinateur, qui rampe et se déroule,
Son regard nous séduit.

Comme un nouveau Protée, il revêt chaque forme;
Sirène aux doux accents, génie, ange ou démon,
Chaque jour à son gré pour nous il se transforme,
C'est un être sans nom.

Mais toujours à nos yeux il a riant visage,
Son front est entouré d'une auréole d'or,
Et ses traits enchanteurs nous disent que son âge
Doit être jeune encor.

Son sourire vermeil nous invite à le suivre,
Ses mains couvrent de fleurs la trace de ses pas...
Et nous nous élançons afin de le poursuivre,
Mais ne l'atteignons pas.

Ce fantôme léger, aux ailes fugitives,
Qui nous sourit toujours de son œil ricaneur,
Qui rit de nos efforts et de nos voix plaintives,
N'est-ce pas le bonheur?

Cessons de mendier ses regards si perfides,
Peut-être, en le quittant, nous le verrons un jour,
Vers nous qui l'oublions, dans ses courses rapides,
Accourir à son tour.

C'est ainsi que, toujours en narguant la fortune,
Nous prévenons ses coups par nos plus froids dédains;
La prière, pour elle, est toujours importune
Et les vœux toujours vains.

Ne poursuivons donc plus de trompeuses chimères,
Regardons près de nous, le bonheur nous sourit ;
Éteignons à jamais les lueurs éphémères
Dont l'âme se nourrit.

Le travail, l'amitié, le lien de famille,
La charité, les vœux d'un pur et noble cœur,
L'amour, présent du ciel, divin astre qui brille,
C'est là qu'est le bonheur.

1849.

XVII

Écoutez bien, ô vous, ma sœur chérie !
Car je veux vous parler le langage du cœur,
Et puisse ma parole, à votre ame attendrie,
Prouver qu'un frère, au loin de sa patrie,
Pense bien à sa sœur.

Car une sœur est l'ange qui, sur terre,
Écoute le secret qu'on murmure tout bas,
Vient donner un sourire au regard de son frère,
Pour le chérir quand sa vie est amère,
Pour affermir ses pas.

C'est dans son cœur que l'on verse une peine,
C'est sa voix qui console et redonne l'espoir,
C'est sa main qui nous aide à porter notre chaîne
Quand nous souffrons et que notre âme est pleine
D'un sombre désespoir.

Souvent, ma sœur, je vous vois dans un rêve,
Du ciel à mon chevet je vous entends venir,
Dans mon cœur aussitôt la douleur a fait trêve;
Mon songe heureux se poursuit et s'achève
Dans votre souvenir.

Je pense aux jours lointains de notre enfance,
A cet âge où l'on vit comme on rêve plus tard...
Alors que notre front rayonnait d'espérance,
Et que nos jeux, enfants de l'innocence,
Étaient purs et sans fard.

Il est passé, ce temps que l'on regrette;
Déjà tout ce bonheur s'est enfui loin de nous;
Déjà le monde a pu, d'une voix indiscrète,
Faire connaître une douleur secrète
A notre cœur jaloux.

Oh! je voudrais que votre âme si pure,
A vous qui méritez d'être heureuse toujours,
Que votre âme, de vous la plus belle parure,
Ne connût point la fatalité dure
Qui pèse sur nos jours.

Je voudrais voir vos vertus couronnées
Par les biens que le ciel verse sur ses élus ;
Je voudrais que les fleurs de vos jeunes années
Par les chagrins ne fussent point fanées
Comme un temps qui n'est plus.

A vous, ma sœur, le bonheur dans la vie,
A vous le saint amour de ceux que vous charmez ;
A vous les plaisirs purs que votre cœur envie,
A vous, ma sœur, à vous, loin de l'envie,
Celui que vous aimez.

1847.

XVIII

SOUVENIR D'UN ORPHELIN.

J'étais un jeune enfant, j'avais encor ma mère :
Un soir — je m'en souviens toujours —
Je la vis qui pleurait... mais sa douleur amère,
Je l'ignorais, car alors, sur la terre,
Je ne croyais qu'à de beaux jours.

« Mon enfant, me dit-elle en un triste sourire,
« Là-haut, où s'élèvent tes yeux,
« Le bon Dieu, dont le nom t'est si doux à redire,
« M'appelle à lui... c'est le Dieu qu'on désire,
« Quand on suit la route des cieux !

« Il faudra nous quitter... mais un jour, je l'espère,
« Un jour, le plus heureux pour moi,
« Tu viendras me rejoindre où déjà vit ton père... »
— Ses pleurs coulaient, et moi, comme ma mère,
Je pleurais... sans savoir pourquoi.

Après un court silence, elle reprit encore :
« Vois-tu ces nuages, là-bas?
« Le soir, contemple-les, quand le soleil les dore;
« Tu m'y verras, comme une blanche aurore,
« Mon fils, pour éclairer tes pas... »

— Et sa voix s'est éteinte... Alors, près de sa couche,
Tout bas, je l'entendis gémir;
Et sa main attira ma tête sur sa bouche,
Puis, tout à coup son corps penche, se couche,
Et je crus qu'elle allait dormir...

1850.

XIX

DERNIER CHANT D'UNE MÈRE.

I

Souvent j'avais rêvé qu'un ange
Aux blonds cheveux, au teint vermeil,
Quittant la céleste phalange,
Viendrait surprendre mon réveil :
Sa bouche serait une rose,
Du ciel ses yeux auraient l'azur;
Comme une blanche fleur éclose
On verrait briller son front pur.
Il aurait le plus doux sourire,
Et, dans les accents de sa voix,
On croirait entendre une lyre
Murmurer un chant d'autrefois.

Cet ange qu'appelait mon rêve,
Il voulut bien quitter les cieux,
Et, comme un astre qui se lève,
Un jour il vint ravir mes yeux.
Dès ce moment, je fus heureuse :
Je m'étais prise à l'adorer!
J'aimais tant sa bouche rieuse
Qui commençait à murmurer...
Je l'aimais tant quand ses mains roses
S'ouvraient et se tendaient vers moi,
Quand il disait de douces choses,
Quand il rêvait qu'il serait roi!...
Je l'aimais tant quand sa paupière,
Sous l'aile d'un léger sommeil,
S'était fermée à la lumière
Et que j'attendais son réveil;
Je l'aimais tant lorsqu'à ma vue,
Ses yeux venaient à se rouvrir!
Je craignais dans mon âme émue
Que le bonheur ne fît mourir.
Il était l'âme de ma vie,
Mon enfant, cet être adoré;
Aux mères je portais envie,
C'était comme un songe doré...

Hélas! ce bonheur, en ce monde,
Était trop pur... Un jour affreux,
Tout à coup la douleur profonde

Vint de son séjour ténébreux
M'envelopper d'un voile sombre :
Lui, mes plus fidèles amours,
La mort le couvrit de son ombre,
Car elle avait compté ses jours...
Au ciel, sa première demeure,
Il retourna, cet ange aimé,
Sous mes baisers, lui que je pleure,
Il ne put être ranimé !...
Son corps est là, sous cette pierre,
Qui dort de l'éternel sommeil !
Je ne verrai plus sa paupière
S'ouvrir sous un rayon vermeil...
De ses lèvres ma lèvre heureuse
Ne connaîtra plus la douceur :
Sa voix ne viendra plus, joyeuse,
Verser l'ivresse dans mon cœur !
Et dans les boucles ondoyantes
De ses cheveux aux reflets d'or,
Ma main ne pourra, caressante,
Errer et se jouer encor...

II

Mon enfant, dis-moi, de ta mère
Ne vois-tu pas couler les pleurs ?
Ah! la source en est trop amère,

C'est ressentir trop de douleurs!
Du ciel, ton heureuse patrie,
Où l'éternel bonheur t'attend,
Jette les yeux, oh! je t'en prie,
Sur ta mère qui t'aimait tant!
Si tu ne peux voler vers elle,
Oh! par pitié! demande à Dieu,
Qu'entrant dans ta vie éternelle
A la terre elle dise adieu.
Où tu n'es pas pourrais-je vivre?
Que puis-je aimer où tu n'es pas,
Quand l'amertume qui m'enivre
A flétri chacun de mes pas?
Enfant, ô ma première joie!
Que sur mon sein j'ai vu dormir,
Dans la douleur que Dieu m'envoie,
Pourrais-je jamais m'affermir?
Je t'ai veillé des nuits entières,
Penchée aux bords de ton berceau,
De mes chansons, de mes prières
Je t'ai bercé, faible roseau...
J'ai vu, pour toi, pâlir ma joue
Quand paraissait l'aube du jour,
Mais de la fatigue on se joue
Quand au cœur on a tant d'amour!
Je t'ai chéri dans mon ivresse,
Chéri comme un présent de Dieu;
Je t'ai béni dans ma tendresse

Comme un premier et dernier vœu...
Je t'ai donné toute mon âme !
Ma vie entière était à toi !
Tu nourrissais toute la flamme
Et de mon cœur et de ma foi !
Mes vœux, toutes mes espérances,
Mes plus doux rêves d'avenir,
Environnaient ta jeune enfance :
Ah ! devaient-ils sitôt finir !
Je t'appelle... et ta voix chérie
A mes accents ne répond plus ;
Au milieu des sanglots je prie,
Et mes regrets sont superflus...
J'ouvre les yeux, je crois encore
Comme toujours, là, te revoir :
Et rien... plus rien... de mon aurore
Je n'ai plus un rayon d'espoir.
Avais-je l'âme préparée
A tant pleurer, à tant souffrir?
Que ma vie est décolorée !
Mon Dieu, si je pouvais mourir !

III

Petit ange qui vins sur terre
M'apporter un jour de bonheur,
De ma pauvre âme solitaire

Reprends, reprends toute l'ardeur.
Je n'aimerai plus, dans ma vie,
Que cette pierre où, chaque jour,
Mon âme brisée et flétrie
Viendra répandre son amour.
Je n'aurai plus de joie au monde
Qu'à couvrir ce tombeau de fleurs,
Et, dans ma tristesse profonde,
Qu'à venir l'arroser de pleurs...
Je n'aurai plus que ton image,
Seul espoir de mon avenir,
Mon cœur n'aura plus en partage
Que ta tombe et ton souvenir.
Toi, l'auréole de ma vie,
Doux rayon qui me vint de Dieu,
Ton âme à mon âme est ravie...
Ah! c'en est fait!... pauvre ange, adieu!

1852.

XX

PARLE-MOI D'ELLE.

N'ai-je pas vu dans un nuage
Qu'éclairait un rayon des cieux
Un doux reflet de son visage,
De son sourire gracieux?
Je t'en supplie, oh! sur ton aile,
De moi ne t'enfuis pas encor,
Mais parle-moi, parle-moi d'elle,
Charmant nuage aux couleurs d'or.

Le soir, dans la brise légère,
Dont s'émeut la feuille des bois,
Dans cette voix qui nous est chère
N'ai-je pas entendu sa voix?

Brise que le printemps rappelle,
N'éteins pas ton souffle d'amour,
Mais parle-moi, parle-moi d'elle,
A l'heure que finit le jour...

J'ai vu la rose parfumée
Briller d'éclat et de douceur :
Alors, ô mon âme charmée !
N'ai-je pas admiré sa sœur?
Rose, des fleurs toi la plus belle,
Ne va pas sitôt te flétrir,
Mais parle-moi, parle-moi d'elle,
En toi vit tout son souvenir...

Au divin charme qui l'enivre,
J'ai senti tressaillir mon cœur !
Et, dans ce transport qui fait vivre,
Charmant présage du bonheur,
N'ai-je pas vu l'amour fidèle
Me sourire comme un beau soir?...
O mon amour ! parle-moi d'elle
Avec un seul rayon d'espoir.

1855.

XXI

Là-bas il est un lieu tout rempli de mystère
Que n'ont point foulé les pas,
Le monde ne le connaît pas.
La douce paix y règne, et l'âme solitaire
S'y complaît, s'y recueille et fuit loin de la terre.
C'est là que bien souvent
Le soir je viens porter ma rêveuse tristesse,
N'écoutant que le bruit du vent
Dont l'aile fuit rapide et doucement caresse.
D'un tertre qui s'élève et qui semble un autel,
A travers le feuillage on découvre le ciel ;
Une source y jaillit, et de son onde pure
Si tendrement murmure,

Qu'il semble, sur un luth, qu'on chante l'Éternel.
C'est là que j'entendis des concerts d'harmonie
Comme au divin séjour;
C'est là que j'entretins un céleste génie,
Que je rêvai la joie et l'ivresse infinie
De l'ineffable amour;
C'est là que j'ai souffert, aimé, connu la vie,
Le front courbé sous la douleur;
C'est là que j'ai voulu retrouver cette fleur
Qui fut à mon âme ravie
Et que l'on nomme le bonheur.
Chante, petit oiseau, je veux t'entendre encore.
Dans cet asile où je te vois,
Chante dès que paraît l'aurore,
Dès le premier rayon qui dore
Le verdoyant sommet des bois.
Quand j'ai pleuré, ta voix chérie
S'unit à mes tristes accents.
Alors, dans mon âme attendrie,
De tous mes chagrins renaissants
Un instant la source est tarie.
Ah! lorsque du dernier sommeil
Je dormirai sous cet ombrage
Et sans douleur et sans réveil,
Chante toujours dans ce bocage.

1853.

XXII

L'ANGE GARDIEN.

Entends-tu, mon enfant, cette voix qui t'appelle?
Comme elle est jeune et pure... écoute-la toujours :
C'est la céleste voix de cet ange fidèle
Qui préside à tes jours;
De cet ange du ciel dont l'aimable sourire
Est doux comme le tien,
De cet ange qui t'aime et qui veut te le dire,
De ton ange gardien.

Quand tu rêves, la nuit, de fleurs à peine écloses,
Des baisers de ta mère aux refrains si chéris,
Du printemps qui renaît, de perles et de roses,
De tes jeux favoris...
Sais-tu ce qui, tout bas, vient charmer ton oreille?
C'est le tendre entretien
De cet ange charmant qui te garde, te veille,
De ton ange gardien.

Quand tes yeux tout à coup se remplissent de larmes
Pour un oiseau parti, pour un jouet perdu,
Qui dissipe aussitôt tes naïves alarmes?
C'est cet ange assidu :
C'est lui qui te console et te rend à ta joie,
C'est lui, lui, ton soutien,
Qui s'attache à tes pas, que le bon Dieu t'envoie,
C'est ton ange gardien.

Quand tu viens de causer du chagrin à ta mère,
Que tu fais le méchant, que tu viens de mentir,
Qui porte dans ton cœur une douleur amère,
Un ardent repentir?
N'est-ce pas cet ami qui veut que tu sois sage,
Et te dit : « Fais le bien ! »
Cet ami qui toujours t'exhorte, t'encourage?
C'est ton ange gardien.

Oh ! ne cesse jamais de le voir, de l'entendre,
Laisse-le te guider en tout temps, en tous lieux ;
Son esprit est si doux, son amour est si tendre,
Son œil si radieux !
A cet ange fidèle unis-toi comme un frère
D'un éternel lien !
Il te conservera pour le ciel, pour ta mère,
Ton bon ange gardien.

1855.

XXIII

Sommeil, ô mon dernier ami !
Descends des célestes demeures,
Que je puisse oublier les heures,
Sur tes deux ailes endormi.

Ange des nuits, oh ! je t'implore !
Qu'un de tes songes gracieux
Me fasse souvenir des cieux
Et me berce jusqu'à l'aurore.

Au monde j'avais demandé
Les biens qu'ici-bas l'on envie :
Le monde, hélas ! ne m'a donné
Que l'amertume de la vie.

Sommeil, viens me faire oublier
Qu'il faut souffrir et qu'il faut vivre!
Pour toujours puisses-tu rayer
Mon nom des pages du grand livre!

Pour moi tes bienfaits sont si doux
Quand tu viens clore ma paupière,
Que mes vœux sont une prière
Et que je t'implore à genoux.

Viens avec ta riante image,
La pure image du bonheur,
Avec l'oubli de la douleur,
Présents dont Dieu te fit hommage.

Viens avec tes rêves d'amour,
Viens avec ta douce chimère,
Et berce-moi comme une mère
Berce son enfant jusqu'au jour.

1852.

XXIV

A MADAME D.

Comme une fleur attend le salut de l'aurore,
La goutte de rosée et le rayon vermeil,
Ainsi vous attendiez, quand vous rêviez encore,
L'aurore du bonheur qui sourit au réveil.
Ce bonheur est venu : mère, épouse adorée,
Ces mots harmonieux ont rempli votre cœur,
Ils vous ont fait goûter leur ivresse sacrée,
Ils ont versé sur vous leurs trésors de douceur.
Oh ! bénissez le ciel puisque dans votre vie,
Vous avez vu, pour vous, luire le plus beau jour :
Ces biens venus de Dieu, le cœur vous les envie,
Ah ! si chacun pouvait les connaître à son tour !

Réalisez longtemps vos rêves de jeunesse,
Longtemps cueillez les fleurs qui naissent sous vos pas :
Que l'aile du bonheur doucement vous caresse,
Et les chagrins cruels, ne les connaissez pas.
Endormez votre enfant, heureuse et tendre mère,
En chantant un refrain d'espérance et d'amour !
Priez Dieu que jamais il n'ait de peine amère,
Comme vous, ici-bas, qu'il soit heureux un jour.

1852.

XXV

Qu'ils sont frais, ces gazons; qu'il est vert, ce feuillage;
Qu'ils sont fleuris, ces lilas odorants !
Dans ces berceaux, quels parfums enivrants
Ont enchaîné mes pas sous cet ombrage;
Qu'on aime encor tous ces chants du bocage
Et d'un soir radieux tous ces bruits expirants !

Plaintes, remords, regrets et clameurs de la terre,
Vous n'avez point d'accès en ce séjour :
La nuit vous couvre, ici règne le jour,
L'espoir, la vie, et le sacré mystère...
N'approchez pas ! d'un souffle délétère
Vous porteriez le deuil aux lieux où naît l'amour.

L'âme dans cet asile, attendrie et bercée,
Jusques au ciel se transporte en priant :
Pour elle, alors, un avenir riant
Semble apparaître, et puis notre pensée,
Couvrant d'oubli toute douleur passée,
Dans des songes heureux se plonge en souriant.

Tout n'est ici que chant, que charmante harmonie :
Là, le ruisseau murmure sous les fleurs,
C'est le jet d'eau qui gémit tout en pleurs;
La brise court sur la pelouse unie,
Et de sa voix, d'une grâce infinie,
Philomèle en chantant vient charmer ses douleurs.

A l'ombre des lilas et sur l'herbe fleurie
Venez goûter un instant de bonheur
Lorsque du jour la dernière lueur
S'en va mourante, et quand la rêverie,
Vous emportant dans une autre patrie,
De fraîches visions vient bercer votre cœur.

Alors de tous vos maux vous oubliez la trace,
Le bonheur seul paraît dans l'avenir,
Où, rappelant un tendre souvenir,
Vous regardez comme le temps s'efface ;
Puis, vous lançant dans les champs de l'espace,
L'espérance et l'amour à vous viennent s'unir.

Merci, charmant bosquet, de ton ombre si douce,
De ta fraîcheur, de tes limpides eaux,
De tes taillis coupés en longs réseaux,
De ton feuillage et de ta verte mousse,
De ton murmure et de ta fleur qui pousse,
Et du bruissement de tes frêles roseaux.

1847.

XXVI

Ce que j'aime à chanter, ce n'est pas dans la plaine
Du coursier la brûlante haleine,
Lorsqu'au sein des combats il s'élance et frémit;
Ce n'est pas du clairon la fanfare puissante,
Ni du vainqueur joyeux la voix retentissante,
Ni celle qui gémit.

Qu'un autre dise encor la sanglante discorde,
Que, sur une lugubre corde,
Il chante la fureur, la haine des partis;
Qu'il nous peigne l'effroi d'une guerre civile,
Et l'orgueil des tyrans et la crainte servile
Des peuples abrutis!

Qu'il déroule à nos yeux les pages de l'histoire,
Qu'il rappelle à notre mémoire
Tous ces longs déshonneurs de notre humanité...
Tous ces faits entachés de souillure et de crime
Qui nous font demander à qui nous les exprime,
Si c'est la vérité!

Qu'on chante les héros et les rois de la terre :
Pour moi, ma muse solitaire
Réclame de ma voix de bien plus humbles chants,
Et, sans me demander l'ivresse et le délire,
Elle rend à son gré les accords de ma lyre
Plus purs et plus touchants.

Ce qui me fait chanter et m'enflamme et m'inspire,
C'est la tendre voix qui soupire
Dans le feuillage épais des bois reverdissants;
C'est l'écho des vallons et le chant qu'il répète,
C'est l'horizon lointain que l'on découvre au faîte
Des monts retentissants.

Ce que j'aime à chanter, c'est le bonheur qui brille
Sur le front d'une jeune fille
Lorsqu'elle ouvre son cœur à des rêves d'amour;
C'est son émotion, lorsque — bonheur suprême!
Elle entend murmurer ce divin mot : Je t'aime!
Qu'elle dit à son tour.

C'est d'un cœur simple encor la touchante prière;
C'est le cher espoir d'une mère
En berçant son enfant qu'elle verra grandir;
C'est la voix qui console au jour de la détresse,
Bannit de notre cœur le chagrin qui l'oppresse
Et le fait reverdir;

C'est un songe, un désir, une tendre caresse,
C'est un long regard plein d'ivresse...
C'est tout ce qui m'émeut et fait battre mon cœur :
Un matin de printemps, une brise embaumée;
C'est un premier soupir pour une femme aimée,
C'est l'amour, le bonheur.

1855.

XXVII

Si tu voulais sous la charmille,
Quand l'heure appelle les aveux,
J'irais t'attendre, jeune fille
Aux doux regards, aux blonds cheveux;
Pour ta jeune âme qui s'éveille,
Ce mot le plus doux à nommer,
Je le dirais à ton oreille,
  Si tu voulais m'aimer.

Je veillerais quand tu reposes,
J'invoquerais dans ton sommeil,
Pour répandre sur toi ses roses,
Un ange au sourire vermeil;
J'écarterais les mauvais songes
Qui descendraient pour t'alarmer,

Appelant les riants mensonges...
Si tu voulais m'aimer,

Quand du jour baisse la lumière,
A l'heure où le travail finit,
A cette heure de la prière
Où l'oiseau regagne son nid,
Je trouverais dans ma mémoire
Pour te la dire et te charmer,
Des chevaliers la noble histoire,
Si tu voulais m'aimer.

Je demanderais à la brise
Des caresses pour ton front pur;
A l'eau du torrent qui se brise
Des perles pour tes yeux d'azur!
Au matin, quand brille la terre,
Tous ses chants pour te ranimer;
Au soir, le calme et le mystère,
Si tu voulais m'aimer.

Aux bords des sentiers de la vie,
Où marcher seul c'est trop souffrir...
Sur un signe de ton envie,
J'irais cueillant, pour te l'offrir,
Chaque fleur fraîchement éclose
Que ta voix saurait me nommer,
Et l'apporterais blanche et rose,
Si tu voulais m'aimer.

Ah ! je voudrais qu'à ton sourire
On ne vît se mêler nuls pleurs,
Que le passé pût te séduire,
Que l'avenir fût sans douleurs ;
Mes désirs, mes vœux sans mélange,
Pour pouvoir te les exprimer,
Il me faudrait la voix d'un ange,
Si tu voulais m'aimer.

Tous les bonheurs que Dieu nous donne,
Joie et plaisirs qu'il fit pour nous,
Je t'en ferais une couronne
Et la mettrais à tes genoux ;
De ton matin, le plus beau rêve,
Au Dieu seul qui pût le former,
Moi, je dirais : « Fais qu'il s'achève ! »
Si tu voulais m'aimer.

Si tu voulais, ô jeune fille !
Dans l'amertume de mes jours,
Tu serais l'étoile qui brille
Et je bénirais Dieu toujours,
Si dans ton cœur la pure flamme
Pouvait comme en moi s'allumer ;
Ah ! que de joie aurait mon âme,
Si tu voulais m'aimer !

XXVIII

J'AI PEUR DE VOUS!

N'accusez pas le trouble de mon âme,
Si je vous fuis, oh! ne m'accusez pas!
De vos grands yeux je redoute la flamme,
Je crains, hélas! l'ombre qui suit vos pas.
Auprès de vous, je crains que la souffrance,
Que le regret n'entre en mon cœur jaloux :
Puis-je vous voir et nier l'espérance?
J'ai peur de vous!

Auprès de vous je crains votre sourire,
Vos longs cheveux, les sons de votre voix,
Si vous chantez ce que Dieu vous inspire,
Je crains vos chants, je crains tout à la fois...

Hélas ! mon Dieu ! si vous n'étiez que belle !
Mais vous avez l'air si bon, l'air si doux...
Ah ! contre moi mon cœur devient rebelle !
J'ai peur de vous !

J'ai peur de vous quand vous passez rêveuse,
Et qu'un instant se sont voilés vos yeux ;
J'ai peur de vous quand vous courez joyeuse,
Comme un rayon qui s'échappe des cieux...
Vous le voyez, je tremble à votre vue :
Faut-il encor vous le dire à genoux ;
Laissez-moi fuir ! mon âme est trop émue,
J'ai peur de vous !

185..

XXIX

C'est là que je la vis, dans ce lieu solitaire :
Ses yeux étaient rougis, et, fixés à la terre,
Ils semblaient contempler sur le bord du chemin
Un bouquet tout fané qu'avait porté sa main.
Un nom parut errer sur sa lèvre pâlie,
Et de son cœur partait une plainte affaiblie
Que le vent emportait. — Quelle est donc ta douleur,
Jeune femme, et d'où vient cette affreuse pâleur?
J'ai pitié de te voir! N'as-tu plus d'espérance,
Pour ainsi te coucher sous l'amère souffrance?
Le soleil n'a-t-il plus ses rayons, tous ses feux?
Le règne du bonheur cesse-t-il sous les cieux?

Ces pleurs ne sont point faits pour ta belle jeunesse :
Il lui faut et les jeux et les chants d'allégresse,
Les rires du printemps, les légères amours,
Et les reflets d'espoir qui colorent nos jours.
— Montrant de la douleur la plus vivante image,
Elle lève, à ces mots, lentement son visage :
— « Pourquoi, m'a-t-elle dit, me parles-tu d'espoir?
Je n'ai plus devant moi que l'horizon du soir ;
Se peut-il que, flétrie, une rose renaisse?
Pourquoi me parles-tu de riante jeunesse?
Tu l'as dit : la jeunesse, il lui faut le bonheur...
Il n'en est plus pour moi, je suis morte en ma fleur!
Il faut, dans la prairie, à la plante épuisée
Un regard du soleil, une fraîche rosée;
Il faut à notre cœur un pur rayon d'amour
Qui lui porte la joie et la vie et le jour...
Ce céleste rayon, cette flamme limpide,
Pour mon cœur n'a brillé qu'un instant trop rapide.
La nuit vint me couvrir de son affreux bandeau,
J'ai vu le ciel un jour et je vais au tombeau! »

1855.

XXX

Que j'aime d'être assis au bord d'une onde pure,
Lorsqu'on voit du soleil les dernières lueurs ;
Que j'aime d'écouter le ruisseau qui murmure,
Roule, serpente et court, frémissant, sous les fleurs.

Souffles si frais du soir, traversez le feuillage,
Vers le sol inclinez le fragile arbrisseau ;
Votre bruissement est pour moi le langage
De la plus jeune mère à son fils au berceau.

Répète ton refrain, beau comme l'espérance,
Messager du printemps, chantre ailé de la nuit ;
J'aime tes chants lointains, ils calment ma souffrance
Et chassent le démon qui m'obsède et me suit.

Et toi, flambeau des nuits, poétique lumière,
Sur moi laisse tomber un long regard ami;
Viens, lorsque montera l'encens de ma prière,
Éclairer mollement mon visage endormi.

Qu'ils bercent tous mon âme en charmant mon oreille,
Les bruits de la nature, expirants, incertains :
Ou bien si l'on s'endort, ou bien si l'on s'éveille,
On aime tant la voix de leurs échos lointains!

Je sens que le sommeil, déjà, sur ma paupière
A posé son bandeau; déjà je ne vois plus
Que les vagues rayons d'une faible lumière:
Tous les bruits sont pour moi des murmures confus...

Adieu, regrets, chagrins, qui régnez sur le monde,
L'ange de mon sommeil loin de moi vous bannit;
Il me donne l'oubli de ma douleur profonde;
Il veille près de moi... que son nom soit béni!

1849.

XXXI

Dors, mon enfant, pour toi je veille,
    Dors, mon amour :
Heureux est l'enfant qui sommeille;
    Dors jusqu'au jour.

Ferme tes yeux… ta pauvre mère,
    Dans la douleur,
A quitté cette vie amère
    Pour le bonheur.

Du haut du ciel, ah ! son sourire
    Brille sur toi,
Et je crois l'entendre me dire :
    « Veille pour moi ! »

Repose en paix... L'ange des songes
    Qui descendra,
Au pays des riants mensonges
    Te portera.

Tu verras la belle patrie
    Où chaque fleur,
Comme ici, ne s'est point flétrie
    Dans sa pâleur.

Dors; le sommeil, on te l'envie...
    Plus tard, hélas!
Aux rudes sentiers de la vie
    Tu veilleras!

Dors; maintenant le vent soupire
    Pour animer
Ta lèvre qui voudrait sourire
    Et nous charmer;

Dors; la fauvette en son ramage
    Chante au buisson;
A toi s'adresse le langage
    De sa chanson.

C'est pour toi qu'à travers la nue,
    Le soir encor,
Est tombé sur ta tête nue
    Un rayon d'or;

Pour toi que l'abeille bourdonne
Sur chaque fleur;
Pour toi que l'oranger nous donne
Sa douce odeur;

C'est pour toi que, dans le nuage,
On voit souvent
D'un ange la céleste image
Flotter au vent.

Dors... je prierai Dieu de te rendre,
Dans ton sommeil,
Ta mère, qui voudrait te prendre
A ton réveil.

1852.

XXXII

AUX PETITS DÉNICHEURS.

C'était au mois de mai. Dans le nouveau feuillage
Chantait une fauvette, et, par son doux langage,
Semblait dire au printemps : Je fête ton retour,
Le soleil et les fleurs, le plaisir et l'amour.
Sur sa branche légère on la voyait bercée.
J'arrêtai dans ce lieu ma rêveuse pensée
Pour écouter ce chant si gracieux, si pur,
Que la brise emportait dans un beau ciel d'azur.
L'air était parfumé, les fleurs les plus nouvelles
Aux regards éblouis se montraient toutes belles ;
L'oiseau chantait toujours... Je ne l'oublierai pas :
J'entendis tout à coup un bruit confus de pas ;

Puis un méchant enfant, que j'aperçus à peine,
S'élance d'un seul bond, et dans ses mains ramène
Un nid où gazouillaient, ignorant leur destin,
Quatre petits oiseaux que vit naître un matin.
Et le barbare enfant, dans sa cruelle joie,
Emporte, en se sauvant, son innocente proie.
Je l'appelle... il s'enfuit! Je veux courir... hélas!
Plus leste, plus rapide, il devance mes pas!
Tous mes efforts sont vains. Et, rempli de tristesse,
Je retourne en ces lieux où la mère, en détresse,
Remplissait de ses cris les bois retentissants!
Et tout à l'heure encor, ses plus joyeux accents
Enchantaient les échos... A présent, pauvre mère,
Ton bonheur, il n'est plus... mais la douleur amère,
Mais les plaintes toujours et les gémissements
Pour charmer, s'il se peut, ta peine, tes tourments.
Où vont-ils, tes enfants, tes amours et ta vie,
Cette tendre couvée, hélas! pour toi ravie
Par une main cruelle?... Ils devront bien souffrir!
Loin de toi, maintenant, peut-être ils vont mourir...
Qui viendra chaque jour leur donner la pâture,
Comme toi, leur choisir la douce nourriture
Qui, seule, leur convient? Pauvres infortunés!
Ils n'auront plus les soins que tu leur as donnés...
Un enfant connaît-il leur instinct, leur nature,
Tous les secrets cachés de leur faible structure?...
Sans parler de sa part d'un funeste dessein,
Ne va-t-il pas porter du poison dans leur sein

Au lieu des aliments que connaissait leur mère?...
Alors, pauvres petits dont l'aile trop légère
Ne peut vous emporter loin de votre prison,
Il vous faudra mourir, mourir par le poison,
Peut-être par la faim, le froid, que sais-je encore...
Et déjà je vous vois, à la prochaine aurore,
Cherchant à réchauffer vos membres engourdis,
L'un l'autre vous presser, par le froid tout roidis...
Je vois vos yeux s'éteindre... hélas ! et votre tête
S'affaisser lentement... la mort est toute prête ..
Déjà vous n'êtes plus... Pauvres petits oiseaux
Qui deviez voltiger aux bords des fraîches eaux,
Suivre dans vos ébats votre mère joyeuse,
Apprendre ses chansons de votre voix rieuse,
Les redire gaiement aux échos d'alentour
Qui répètent vos chants d'espérance et d'amour...
Ils sont morts ! Pauvre mère ! et je ne puis te rendre
Tout ton bonheur perdu ! je ne puis que t'entendre,
Et mêler mes regrets à tes cris de douleur,
Et chanter en mes vers ta plainte, ton malheur...
— Oh! vous. jeunes enfants qu'une cruelle envie
Attire dans ces bois, pour arracher la vie
Aux petits des oiseaux .. sur le bord du chemin,
Arrêtez, arrêtez ! Que jamais votre main
N'aille plus désunir d'innocentes familles,
L'espoir de nos vallons, de nos vertes charmilles !
Pensez à votre mère... Et puis un jour viendra
Où, pour vous, dans ces bois, un chant résonnera,

Un doux chant qui dira : « Me voici, votre vue,
« Ah ! je la reconnais ! et votre bienvenue,
« Je veux la célébrer... Je me souviens toujours
« Que vous veniez souvent au temps des plus beaux jours;
« Ma mère vous chantait une chanson bien tendre,
« Et vous étiez heureux de la voir, de l'entendre...
« Et puis, vous approchant doucement de mon nid,
« Oui, vous disiez, je crois : — Oh ! le pauvre petit !
« Je m'en souviens toujours ! et ma joie est extrême !
« Vous êtes mon ami... je vous vois, je vous aime ! »
— Voilà, petits garçons, un jour, sous leurs berceaux,
Ce que vous chanteront tous les petits oiseaux.

1855.

XXXIII

Oh ! c'était un beau soir, nul bruit dans la vallée
Ne troublait le repos de la nuit étoilée,
Que le souffle du vent ;
Et, d'un sublime vol, nos âmes en silence
Planaient aux régions où l'Éternel s'élance
Sur son trône mouvant.

Ensemble nous voguions dans les champs de l'espace,
Et d'en haut, contemplant cette terre où tout passe,
Empreint de vanité,
Sans désirs, sans regrets pour les choses du monde,
Nous avions la pensée incessante et profonde
De notre éternité !

Oh ! c'était un beau soir... je ne sais quel génie
Faisait résonner l'air d'une douce harmonie,
Suave chant d'amour...
Et tous deux en extase, ayant l'âme attentive,
Nous écoutions, ravis, cette voix fugitive
Qui meurt avec le jour...

Nos cœurs étaient remplis d'une joie ignorée :
Sans doute qu'elle vient de la source sacrée
Qui coule dans les cieux ;
Car jamais, jusque-là, dans l'humaine nature,
Nous n'avions ressenti d'une joie aussi pure
L'effet prestigieux.

C'était comme un rayon d'une céleste flamme
Qui nous donnait la vie, illuminait notre âme,
Lui rendait son essor,
Et, l'arrachant des lieux indignes d'elle même,
Lui faisait retrouver son royal diadème
Avec son sceptre d'or !

Ce bonheur n'était-il qu'un mensonge, un beau rêve
Qui voltige un instant et puis soudain s'achève
Pour la réalité ?...
Je ne sais : mais alors, éloignés de la terre,
Nous goûtions dans un ciel d'amour et de mystère
La pure volupté.

— « Oh ! vois-tu, disait-elle, aimer comme je t'aime,
C'est vivre de la vie éternelle et suprême
De Dieu dans son amour,
Alors que, tout amour, dans une œuvre féconde
Il fit briller soudain, pour éclairer le monde,
La lumière du jour !

Je ressens dans mon être une flamme immortelle !
De la voûte des cieux en jaillit l'étincelle !
Feu sublime et sacré
Qui révèle à mon cœur sa céleste origine
Et fait de mon amour une essence divine,
Un culte vénéré !

Je t'aime !... et je voudrais qu'au fond des solitudes
Ta vie et ton bonheur, mes uniques études,
Ne fussent que pour moi,
Et que les seuls témoins de nos heures d'ivresse
Fussent le ciel et l'air, et le temps qui nous presse
De sa trop dure loi...

Alors, oh ! pour toujours, sur nos ailes rapides,
Emportant notre amour loin de ces lieux arides,
Qu'ensemble nous fuyons,
Nous pourrions parcourir ces plaines fortunées,
Ces champs toujours fleuris, ces plages qui sont nées
De nos illusions.. »

— Elle parlait encore… et je croyais entendre
Tous les concerts des cieux ! Son chant était si tendre
Et si suave au cœur,
Qu'il semblait un écho de la céleste voûte,
Comme un refrain d'espoir qu'en extase on écoute,
Présage de bonheur.

Oh ! c'était un beau soir !… mais, hélas ! dans ma vie,
Je ne vis plus briller pour mon âme ravie
Un autre jour pareil,
Car il s'est écoulé plus rapide qu'un songe
Et n'a laissé pour moi, de son riant mensonge,
Que le triste réveil.

1848.

XXXIV

Enfant, tu vas quitter ce séjour de détresse,
Et ta voix va s'unir aux saints concerts des cieux,
Ton âme va briser le lien qui l'oppresse
Et l'aurore éternelle a brillé pour tes yeux.

Il fut comme un rayon ton passage sur terre,
Comme un parfum suave émané d'une fleur,
Comme un rêve apporté dans la nuit solitaire
Quand notre âme s'envole, oubliant la douleur.

Heureuse de revoir ta première demeure,
Ah ! c'est en souriant que tu nous dis adieu ;
Il t'apparaît déjà, l'ange qui, tout à l'heure,
Dans l'espace azuré va t'emporter à Dieu.

Pauvre enfant! tu vécus, et ta vie éphémère
Par la souffrance, hélas! a mesuré le temps;
Ta lèvre n'a connu que cette coupe amère
Où tu trouves la mort aux jours de ton printemps.

Mais ils étaient trop beaux pour contempler ce monde,
Tes grands yeux où brillaient l'innocence et l'amour;
Trop belle était pour nous ta chevelure blonde,
Trop pur était ton front pour la clarté du jour.

Dieu n'aurait pas voulu que ton âme si belle,
Au souffle des méchants se flétrît ici-bas!
Ange de pureté, c'est la vie éternelle
Où tu pourras sourire et diriger tes pas.

Retourne, pauvre fleur, où tombe la rosée,
Où le cœur cesse enfin de désirer mourir...
Où tu pourras alors, sur ta tige brisée,
Dans les vallons du ciel à jamais refleurir.

1847.

XXXV

Vous me dites : « Pourquoi fuir les plaisirs du monde
« Et vivre toujours seul dans une paix profonde ?
« Vingt-cinq ans sont-ils faits pour s'enterrer vivant,
« Pour n'entendre jamais que les plaintes du vent,
« Pour s'abreuver enfin d'une sombre tristesse,
« De l'âge accélérant la rapide vitesse ? »
— Madame, j'en conviens, le plaisir et le bruit
Vont bien à la jeunesse, et celui qui les fuit
Sans doute doit avoir une raison puissante
Pour écarter des jeux la foule renaissante.
Hélas ! cette raison... vous me la demandez ?
La dire est bien cruel, mais vous le commandez ;

Il faut vous obéir. — Écoutez-moi, madame,
Et plaignez-moi bien fort, si vous avez une âme.
J'évite avec effroi le cortége enchanteur
Dont le monde est formé ; prestige séducteur,
Certes, plus dangereux que cette solitude
Qui vous donne pour moi si grande inquiétude.
S'il faut de mes secrets faire tout l'abandon,
La nature m'a fait le plus funeste don :
Mon être fut pourvu d'une âme si sensible
Que toute impression, hélas ! m'est accessible.
Jugez de mon malheur ! au pauvre infortuné
Cette mère marâtre en un jour a donné
Des flammes dans le sang et le cœur le plus tendre…
Ah ! madame, pourquoi riez-vous de m'entendre ?
Puisque de m'écouter vous exprimez le vœu,
Ayez de la pitié pour un pénible aveu.
Oui, j'éprouve en un bal l'incroyable torture
Qu'au milieu des doux fruits de toute la nature,
Qu'au milieu des festins Tantale ressentait,
Ne pouvant y toucher, affamé qu'il était !
Je ne puis en tous lieux voir une ombre de femme
Sans être dévoré d'une brûlante flamme !
Je ne sais quel démon vient alors m'assaillir,
Mais je me vois trembler, frissonner, tressaillir !
Je sens battre mon cœur à rompre ma poitrine !
Cette influence est-elle infernale ou divine ?
Je ne sais .. mais je souffre et je reste sans voix,
Anéanti, brisé, criant grâce… aux abois !

Ah ! quels tourments affreux ! quelle ardeur, quelle fièvre!
Et pas un cou d'ivoire, une main sous ma lèvre !
Et pas un mot d'ivresse à murmurer tout bas,
Car je tremble de peur... et je n'oserais pas.
Et puis, seul et rêveur, ma tête est encor pleine
De ces charmes puissants dont se forme ma chaîne;
Je ne puis plus bannir de mon cœur ulcéré
Un souvenir funeste et pourtant adoré !
Je languis, dévoré d'un feu qui me consume,
La coupe qui m'abreuve est pleine d'amertume;
Mes nuits m'offrent encor l'image du bonheur...
Et je n'ai qu'un réveil, celui de la douleur!
Démons qui m'obsédez, ah! pourquoi, dans mes songes,
M'apportez-vous, hélas! tous vos riants mensonges?
Un instant j'entrevois le ciel tout radieux!
Je pars... je veux voler dans le palais des dieux!
Fatale illusion... en chemin je m'égare,
Et je tombe du ciel comme un nouvel Icare.
— Vous avez entendu, madame, ma raison.
Le feuillage, les bois, les ruisseaux, le gazon,
Voilà les êtres seuls qu'il faut que je fréquente :
Leur aspect souriant et leur voix éloquente
Ne font pas de blessure, et, d'un pouvoir vainqueur,
Ne lancent pas des traits qui vous percent le cœur.
Si j'évoque parfois, dans ma course incertaine,
Quelque nymphe légère, au bord d'une fontaine,
De ses charmes je puis devenir amoureux;
Son sourire est charmant, mais non pas dangereux.

Je la vois, je l'admire… elle parle et m'enchante,
Ses beaux yeux sont si doux, sa voix est si touchante,
Qu'on l'aime sans désirs… presque comme une sœur,
Amour suave et pur, tout rempli de douceur :
J'emporte sans douleur, dans mon âme attendrie,
Son riant souvenir, son image chérie,
Et, lui donnant un nom digne de ses appas,
Ma lèvre le murmure à chacun de mes pas.
— Mais vous, femmes du monde, on perd à votre vue
Le calme et le repos… l'âcre désir qui tue
S'empare de nos sens, heureuses si, toujours,
Vous avez pu river la chaîne de nos jours ;
Sachant par un sourire, un regard de tendresse,
Relever un instant notre espoir en détresse ;
Et, le faisant renaître et tomber tour à tour,
Perfides, vous jouer d'un trop crédule amour !
Assez et trop longtemps je fus votre victime,
Je vous fuis désormais ! mon courroux légitime
Soustraira pour toujours mon cœur à vos attraits ;
Oui, je veux oublier le moindre de vos traits !
Je veux vivre tout seul, sans amour, sans ivresse,
Sans goûter un sourire, une tendre caresse,
Sans la rendre vingt fois pour la voir naître encor !
Sans couler de beaux jours tissus de soie et d'or !
Sans être fou d'amour !… sans joie et sans délire
Qu'on célèbre les nuits, aux cordes d'une lyre…
Sans un ange… une femme ! ah ! grand Dieu ! qu'ai-je dit ?
Vivre ainsi n'est-ce pas le destin d'un maudit ?

Exister sans aimer, est-ce bien l'existence?
Je ne puis prononcer cette affreuse sentence!
Je veux vivre et souffrir, aimer sans un espoir,
Et rêver un bonheur que je ne puis avoir.
Monde faux et trompeur, qu'un enivrant prestige
Comme le vide attire en donnant le vertige,
C'est en vain que mon cœur vous craint et vous connaît,
C'est en vain qu'il veut fuir un désir qui renaît,
Désir impérieux dont l'amère puissance
A la terre demande une âpre jouissance,
Désir toujours plus cher, toujours plus redouté,
Qui jamais n'est suivi de la réalité...
Madame, vous voyez, votre crainte était vaine!
J'avais voulu vous fuir pour adoucir ma peine,
Mais je suis emporté par un destin plus fort;
Je dois en soupirant me soumettre à mon sort.
Je ne pourrais briser la chaîne qui me lie,
De la coupe où je bois je dois vider la lie;
Mon destin, c'est d'aimer ce qui me fait souffrir,
De vous aimer, madame... hélas! et d'en mourir!

185..

XXXVI

Pourquoi donc, si la nuit étend son voile sombre
Et que brille la lune au pâle et doux reflet,
Pourquoi vous glissez-vous, seule et sans bruit dans l'ombre,
Sous le bosquet touffu dont le séjour vous plaît?

Pourquoi cet air rêveur, ce repos, ce silence,
Ce soupir prolongé qui s'échappe du cœur,
Ce bras qui, nonchalant, se traîne, se balance
Et s'en va, sur le sol, arracher quelque fleur?

Pourquoi paraissez-vous entendre avec délice
Ces vains bruits tout remplis de mystère et d'aveux,
Quand l'haleine du soir dans les feuilles se glisse
Pour venir se jouer entre vos longs cheveux?

Alors vos yeux mouillés de larmes inconnues
Se fixent au hasard, tantôt sur l'arbre mort,

Et tantôt, se perdant dans le vague des nues,
Retombent langoureux au bassin où l'eau dort.

Est-il déjà tombé dans votre âme candide
Un rayon de ce feu qui dévore, le jour,
Qui vous poursuit, la nuit, sous un attrait perfide,
Qui vous prend votre vie, et que l'on nomme amour?

Oh! restez à l'abri d'une loi trop cruelle
Dont l'arrêt, pauvre enfant, briserait votre cœur!
Ne connaissez jamais cette peine éternelle
Qui nous enchaîne, hélas, à son pouvoir vainqueur.

Si vous sentez parfois, au souffle d'un génie,
Votre âme se bercer d'un espoir incertain,
Que ce ne soit alors qu'une simple harmonie,
Qu'un beau rêve du soir dissipé le matin.

Si vous voulez aimer, aimez, ô jeune fille!
La fleur de la prairie et le ruisseau des bois;
Aimez l'oiseau qui chante et l'étoile qui brille,
Du vent dans les roseaux aimez la tendre voix.

Aimez le pur encens d'une ardente prière
Et le premier rayon qui promet un beau jour,
Aimez de vos quinze ans l'innocence première,
Mais fuyez cette voix qui parle d'autre amour.

1845.

XXXVII

Enfant, confiez-moi le sujet de vos larmes,
N'égarez plus vos pas ;
Dites-moi vos soupirs, dites-moi vos alarmes,
Enfant, ne pleurez pas.

Un méchant a-t-il dit qu'à votre doux sourire
On ne sent plus son cœur?
Un méchant a-t-il dit, quand votre voix soupire,
Qu'on reste sans douleur?

Hier, je m'en souviens, vous aviez une rose
Cachée en votre sein,
Serait-elle fanée, hélas! à peine éclose
Au souffle du matin?

Le rossignol chantait dans la nuit étoilée
Ses naïves amours :
Votre âme l'écoutait, vers le ciel envolée...
A-t-il fui pour toujours?

Votre front n'est-il plus rafraîchi par la brise
A l'amoureuse voix?
Vos yeux ne voient-ils plus l'eau qui gronde et se brise
Dans le torrent des bois?

Un seul cœur, près de vous, s'est-il montré rebelle
Lorsqu'ont brillé vos yeux?
Vous a-t-on jamais dit que vous étiez moins belle
Que les anges des cieux?

Enfant, ne pleurez plus : venez dans la prairie
Vous couronner de fleurs.
A vous les ris, les jeux; c'est à l'âme flétrie
Que reviennent les pleurs.

XXXVIII

O le plus doux instant que mon cœur me rappelle !
Ce soir-là, je la vis... je la trouvai si belle !
O souvenir charmant !
Elle semblait rêveuse... et mon cœur, à sa vue,
Se sentit tressaillir d'une ivresse inconnue ;
O le plus doux moment !

Le soleil avait fui, du soir la douce image
Semblait se refléter sur son pâle visage.
L'air était calme et pur...
C'était l'heure paisible où règne le silence,
L'heure mystérieuse où notre âme s'élance
Vers un bonheur futur.

Sur sa lèvre naissait le plus divin sourire,
Et ce qu'il exprimait, pourrais-je le redire?
Oh! c'était de l'amour;
Car il était plus doux qu'une douce lumière,
Plus tendre qu'un adieu, plus saint qu'une prière.
Et plus pur qu'un beau jour.

Son regard, tout mêlé de joie et de tristesse,
Comme un dernier rayon que le soleil adresse,
S'est reposé sur moi...
Il pénétra mon cœur de sa brûlante flamme;
Alors je t'ai donné, pour la vie, ange ou femme,
Mon amour et ma foi.

Toujours je garderai la douce souvenance
De ce soir enivrant où brilla l'espérance
Comme un astre enchanteur;
Du bonheur l'espérance est rarement suivie;
Mais je me souviendrai chaque jour de ma vie
D'un rêve de bonheur.

1853.

XXXIX

C'en est donc fait, et pour la vie !
Son regard ne brillera plus :
Regrets amers et superflus,
Dites-moi, l'avez-vous suivie ?

Vents, gémissez, ridez les eaux,
De douleur courbez-vous, feuillage,
Pour vous n'est plus de son image
Le reflet pur dans les ruisseaux.

Fleurs qu'elle aimait, charmantes roses,
Flétrissez-vous ! sa blanche main
Ne vous cueillera plus demain...
Flétrissez-vous, à peine écloses !

Ne chantez plus dans les roseaux,
Vos chants n'ont plus d'écho fidèle,
Et vous diriez : Où donc est-elle?
Ne chantez plus, petits oiseaux.

Bois touffus, sentiers ignorés
Où s'égarait son pied d'albâtre,
Vous ne la verrez plus folâtre
Sous vos ombrages adorés.

Plus de silence, de mystère,
Et plus de larmes dans nos yeux
Quand nous nous envolions aux cieux,
Loin de tous les bruits de la terre.

Elle me laisse seul au monde,
Elle me quitte et pour toujours!
Adieu, mes plus chères amours,
Vous avez passé comme l'onde.

1847.

XL

SUR LA CRINOLINE.

Charmants démons, femmes cruelles
Qui m'enchaînez sous votre loi,
Je vous trouvais déjà si belles!
Qu'allez-vous donc faire de moi?

N'aviez-vous pas, sexe timide,
Pour me tourmenter trop, hélas!
Un fin sourire, un œil perfide,
Un joli pied, de divins bras?

N'aviez-vous pas, les jours de pluie,
La jambe qu'avec désespoir
Vous montrez lorsqu'elle est jolie
Et que nous aimons tant à voir?

Au bal encor — toujours j'y songe —
N'aviez-vous pas pour vous parer
Deux seins d'ivoire où l'œil se plonge ?
Puisqu'on permet de les montrer !

Enfin n'aviez-vous pas pour plaire
Vos airs fripons, vos doux propos,
Tout ce qu'inventa la colère
D'un dieu jaloux de mon repos ?

Faut-il encor qu'on imagine
— Car c'est l'augmenter de beaucoup —
De vous donner la crinoline
Pour me porter le dernier coup !

C'est une injure à la nature :
Là, qu'avait-elle à vous devoir ?
Contre elle toujours on murmure,
Plus on a, plus on veut avoir.

1854.

XLI

Que je souffre, mon Dieu! ma tête est délirante,
En murmurant son nom ma voix devient mourante
Et je voudrais en vain arracher la douleur
Qui déchire mon sein et qui me mord le cœur!
C'est l'enfer!... je voudrais m'abîmer dans l'ivresse
D'un bonheur insensé dont le désir m'oppresse!
Je voudrais vivre une heure, une heure d'un plaisir
Qui rend fou, qui vous tue en un dernier soupir!
Livre-moi, par pitié, ta lèvre frémissante,
Tes cheveux noirs, ta main, ta taille ravissante,
Ton front pâle et si pur... les longs cils de tes yeux,
Où, comme en un miroir, se sont mirés les cieux!...

Viens, mon amour, oh ! viens... tout se tait et repose,
Je t'attends... voici l'heure où, de son aile rose,
L'ange des belles nuits sur moi vient voltiger
Et de toi m'entretient, gracieux messager...
Dans son ciel étoilé la lune printanière
De ses pâles rayons épanche la lumière ;
La brise court légère, et, passant sur les fleurs,
A répandu dans l'air de suaves odeurs ;
Le feuillage frémit, une voix inconnue,
Du printemps, des zéphyrs chante la bienvenue...
Je t'aime !... je suis seul, et tout me crie : Amour !
Viens !... ce mot, que ta voix le redise à son tour.
Pour t'aimer mieux encore et pour mieux te le dire,
J'ai fait brûler l'encens qui donne le délire !...
La lumière a baissé... j'ai tressé de ma main
La couronne de fleurs qu'attend ton front divin...
Il est minuit ! je souffre ! et ne sais plus attendre !
Oh ! cette fois encor, te contempler, t'entendre,
Me traîner, fou d'ivresse, et plus heureux qu'un roi,
Sur mes genoux sanglants, me traîner jusqu'à toi !
Dans tes bras, par pitié, fais s'éteindre ma flamme,
Qu'en une seule nuit je dévore mon âme !
Qu'ivre de volupté, l'océan du plaisir
M'abreuve de ses flots... que j'y puisse mourir !

1850.

XLII

Quand je viendrai dormir sous une froide pierre,
Quand mon cœur cessera de battre pour aimer,
Donne, passant, une prière
A celui que, bientôt, nulle voix, sur la terre,
Ne saura plus nommer.

Mon ciel est obscurci par un nuage sombre,
Le vent froid de la mort a soufflé sur mes jours.
Seul, dans le mystère et dans l'ombre,
De mes tourments, hélas! puis je compter le nombre,
Quand je souffre toujours?

J'aurais aimé, mon Dieu! tous les biens que je rêve,
Que d'autres ont connus, dont ils peuvent jouir:
Pour moi, nul bonheur ne s'achève;
Chaque élan de mon cœur, un souffle me l'enlève;
Il me vaut mieux mourir.

J'avais rêvé l'amour, j'avais rêvé la gloire :
L'un m'a trompé, trahi ; l'autre est trop loin de moi !
A quoi, mon cœur, pourras-tu croire ?
Me faut-il consulter ma vie et ma mémoire
Pour soutenir ta foi ?

Il n'est plus temps déjà, je sens que sur ma route
Je chancelle et je tombe. Où trouver un appui ?
L'espoir, cette voix qu'on écoute,
A perdu ses accents pour mon âme qui doute
Et me manque aujourd'hui.

Éloignez-vous de moi, trop funestes images,
Ne me poursuivez plus... Vous parlez de bonheur,
Vous parlez de célestes plages
Et je n'éprouve, moi, que les affreux orages
Qu'enfante la douleur.

A moi l'entier oubli des voluptés du monde !
O mort! apporte-moi ton instant solennel !
Fatigué des vents et de l'onde,
Oui, je voudrais goûter sous une mer profonde
Le repos éternel !

Soleil, qui m'éclairas de ta belle lumière,
Dont on jouit longtemps et qu'on aime trop tard,
Ah ! jette encor sur ma paupière,
Avant que du tombeau je foule la poussière,
Jette un dernier regard.

Fraîches brises du soir dont l'haleine est si pure,
Faites courber encor la cime de mes bois...
Je demande un dernier murmure
A vous, les douces voix de la belle nature,
Vous, les plus douces voix.

Rochers, sentiers, vallons, retraites solitaires,
Où j'allais me bercer de mes songes d'amour,
Dans vos solitudes si chères,
Écoutez, écoutez mes regrets, mes prières,
Car c'est mon dernier jour.

Et vous, illusions dont j'eus l'âme nourrie,
Fleurs que je cultivais... qui mourûtes, hélas!
Comme vous, mon âme est flétrie;
Mais, encore un instant, douces fleurs de ma vie,
Renaissez sous mes pas.

Quand je viendrai dormir sous une froide pierre,
Quand mon cœur cessera de battre pour aimer,
Donne, passant, une prière
A celui que, bientôt nulle voix, sur la terre,
Ne saura plus nommer.

1853.

XLIII

Pardon, ce n'était rien qu'un rêve
Où l'espérance rit au cœur,
Un songe, hélas! bientôt s'achève
Pour faire place à la douleur.
Après la céleste lumière
D'ici-bas j'ai revu le jour;
Le vent emporte ma prière,
Tu ne veux pas de mon amour.

Comme un rayon brille et s'efface
Aux derniers feux du plus beau soir,
Ange, tu vins, puis dans l'espace
Tu disparais... et plus d'espoir.

Avec la brise qui soupire
Vole, et dans un autre séjour
Chante ce que le ciel t'inspire...
Tu ne veux pas de mon amour.

Pourtant tu jetas dans ma vie
La fleur la plus belle à mes yeux,
La pure et sainte poésie,
Ravie aux anges dans les cieux !
D'autre espérance sur la terre,
Je n'en ai plus et sans retour :
Est-il un bonheur que j'espère ?
Tu ne veux pas de mon amour.

Envole-toi... toujours ta vue
Restera dans mon souvenir,
Tu vivras dans mon âme émue
Aux jours lointains de l'avenir;
J'appellerai ce doux mensonge
Qui fit briller mon plus beau jour.
Envole-toi, c'était un songe,
Tu ne veux pas de mon amour.

1850.

XLIV

PENSEZ A MOI!

Quand la feuille des bois séchera sur la terre,
Quand le vent gémira comme un lugubre chant,
Quand un dernier rayon sur la tour solitaire
Tombera du soleil couchant ;
Quand la cloche du soir, appelant les fidèles,
Annoncera de Dieu la consolante loi,
Laissez votre âme, alors, s'envoler sur ses ailes...
Oh! par pitié, pensez à moi!

Si le gazon naissant se flétrit sur ma tombe,
Si quelque oiseau plaintif vient chanter là, tout près,
Si vous voyez pleurer, comme une âme qui tombe,
Tous les rameaux de mon cyprès ;

Si votre œil voit errer une ombre fugitive
Qui passe près de vous sans vous causer d'effroi,
Oh ! sans vous éloigner de cette ombre craintive,
Oh ! par pitié, pensez à moi !

Pensez, dans l'avenir, aux heures fortunées
Qui coulèrent pour nous, si rapides, hèlas !
A nos vœux, notre espoir, à nos jeunes années,
Douces fleurs que foulaient nos pas;
A cette heure si belle où mon âme charmée
Par un serment sacré vous engagea sa foi,
A l'amour de celui qui vous a tant aimée...
Oh ! par pitié, pensez à moi !

Je n'aurais pas voulu quitter sitôt la vie,
Car j'avais devant moi l'horizon le plus pur;
La joie avait brillé dans mon âme ravie
Et mon beau ciel était d'azur.
Inutiles regrets... Voici l'heure dernière,
Écoutez : de mon cœur, c'est le suprême envoi,
C'est mon dernier désir, ma dernière prière :
Oh ! par pitié, pensez à moi !

1850.

XLV

OU TROUVER LA FOI?

O sagesse du monde! ô toi, philosophie,
Guide des nations, ô mot qu'on déifie!
Accours, viens m'éclairer et fais luire à mes yeux
La vérité cherchée, en mots non spécieux...
Dans mon esprit qui doute et brûle de connaître,
Que la douce croyance et la foi puissent naître!
Mon esprit veut le vrai, mon âme veut le beau :
Éclaire donc mes pas de ton divin flambeau!
Mais quoi! rejettes-tu mon ardente prière?
Plus je veux m'éclairer des traits de ta lumière,
Et plus autour de moi je sens l'obscurité
Me couvrir de son voile. Où donc, ô vérité!

Te trouverai-je enfin? Est-ce aux champs, à la ville,
Dans la raison du sage ou dans l'esprit servile
Du plus pauvre berger? Où reçus-tu le jour?
Est-ce dans un palais ou dans l'humble séjour
Que l'ignorance habite? Où donc est ton empire?
A qui commandes-tu chez tout ce qui respire?
De tes arcanes saints, non, jamais notre esprit
Ne sondera l'abîme... Eh! serait-il écrit
Que chaque homme, ici-bas, sous le poids de sa chaîne,
Obéira toujours au destin qui l'entraîne?
Qu'entre ce qui l'entoure et lui-même placé,
Il suivra le sentier qu'un hasard a tracé?
Que toujours ballotté sur l'océan du monde,
Il sera le jouet et des vents et de l'onde?
Qu'il aura pour combattre un ennemi caché
Qui fuira devant lui dès qu'il l'aura cherché?...
Dieu créa, disons-nous, l'homme à sa ressemblance
Et voulut l'animer de sa propre substance :
Hélas! nous avons pris la cause pour l'effet,
Et ce Dieu créateur, c'est nous qui l'avons fait!
Il juge comme nous, comme nous il prononce;
Ce sont nos vérités et nos lois qu'il annonce;
Nous le faisons agir dans l'espace et le temps,
Comme à nous, nous mettons son esprit en suspens.
Chaque peuple conçoit son Dieu d'après soi-même :
Dans le Nord, le front ceint d'un sombre diadème,
De mystère et de nuit toujours environné,
Dieu promet pour bonheur à l'homme infortuné

Le repos éternel et l'éternel silence,
La méditation où notre âme s'élance;
Mais le Dieu du Midi, c'est bien un autre Dieu!
Il est fougueux, ardent... Son séjour est un lieu
Où l'éternel printemps vient enchanter la vie!
Il promet pour bonheur à notre âme ravie
Tous les plaisirs des sens; toutes les voluptés,
D'éternelles faveurs, d'éternelles beautés.
Le peuple belliqueux croit au dieu de la guerre,
Un peuple de bergers fait avec la fougère
Un innocent autel au dieu de ses moissons,
Célébrant ses bienfaits par de simples chansons;
Des forêts, le sauvage implore le génie...
Des peuples, en un mot, chacun a sa manie;
Mais de l'homme, partout, c'est l'esprit confiant,
Dans sa divinité se personnifiant...
O Dieu vrai! je t'adresse une ardente prière!
Mais pourquoi nous donner une image grossière
D'un Dieu si beau, si grand! Pourquoi nous parlez-vous
D'un maître, d'un tyran injuste comme nous?
Vous voulez, dites-vous, qu'on l'aime, qu'on l'adore;
Mais cet être, c'est vous, je le répète encore,
C'est vous qui l'avez fait! vous l'avez revêtu
Et de votre sagesse et de votre vertu...
En voulant commander à notre confiance,
Craignez de n'engendrer que doute et méfiance!
Vous voulez apporter par le raisonnement
La foi, qui ne connaît que le pur sentiment:

Si vous parlez au cœur, espérez la victoire;
Mais, si vous raisonnez, nous cessons de vous croire.
La croyance et la foi, si pleines de douceur,
Ne trouveront jamais de source que le cœur.
La question, sortant de ce monde sensible,
Ne peut plus à l'esprit devenir accessible :
L'esprit avec le cœur ne pourra s'accorder,
Et le sentiment seul pourrait en décider.
N'a-t-on pas vu déjà bâtir tous les systèmes,
Embrasser, soutenir tous les partis extrêmes?
Que n'a-t-on pas écrit? que n'a-t-on pas trouvé?
Au creuset de l'esprit que n'a-t-on éprouvé?
Des hommes ont choisi l'immense solitude
Pour mieux se consacrer au culte de l'étude;
Ils ont approfondi toutes les questions;
Leur âme, s'élançant dans les abstractions,
Du monde des esprits a sondé les abîmes!
Et qu'est-il donc sorti de ces âmes sublimes?
Un système de plus! Ce qu'on a reconnu,
Ce qu'on a discuté, contredit, soutenu,
A-t-il jamais rendu la croyance plus vive?
Est-il possible enfin que notre foi survive
A la diversité de ces opinions?
Quels résultats certains, quelles conclusions
Puis-je et dois-je en tirer? Que la philosophie
Ne peut plus, au delà du monde et de la vie,
Avoir de guide sûr pour suivre son chemin :
Son résultat d'hier sera détruit demain.

Tout ce qu'elle suppose et tout ce qu'elle avance,
Par le raisonnement est réfuté d'avance :
Ce n'est plus qu'hypothèse et que subtilité,
Un exercice, un jeu... c'est de l'habileté.
Ballotté sur les flots d'une mer sans rivage,
Ne faut-il pas qu'enfin l'esprit fasse naufrage?
Voit-on l'aéronaute, enlevant son ballon,
Le conduire et braver les coups de l'aquilon?
Tel est le philosophe au delà de ce monde :
Privé d'un point d'appui, son esprit vagabonde.
Sait-il où son esquif enfin s'arrêtera?
A-t-il prévu l'écueil qui le fracassera?
Il marche environné de nuit et de mystère,
Sa raison, son bon sens sont restés sur la terre !...
Du vrai, du positif, dès lors abandonné,
Il n'a le plus souvent qu'un principe erroné
Pour éclairer sa route et toujours le conduire.
Ce qu'il doit prononcer, tout ce qu'il doit induire,
Sur ce principe faux est seulement basé :
Est-il digne de foi pour avoir tout osé ?
C'est là, le plus souvent, son principal mérite.
De ces systèmes vains faut-il qu'un autre hérite ?
Les sciences du monde ont des progrès certains,
Aux autres il n'est pas de semblables destins.
Quels progrès a-t-on fait dans la métaphysique
Depuis que notre esprit s'est fait philosophique ?
Voilà bien deux mille ans que le divin Platon
Est venu proclamer, sur un sublime ton,

Le règne de l'unique et de la pure essence,
Comme source et seul but de toute connaissance.
Dès qu'à son cœur épris ce seul être apparaît,
Tout le reste, dès lors, s'efface et disparaît :
Toujours brille à ses yeux cette vive lumière ;
Il proscrit à jamais les sens et la matière;
Son culte est l'idéal. Mais, un siècle plus tard,
Épicure, portant bien moins haut son regard,
Ne va pas, s'élevant au delà de la nue,
Chercher de notre monde une source inconnue,
Et, restant sur la terre, il place le bonheur
Dans les plaisirs des sens, de l'esprit et du cœur.
Voilà ce qu'on pensait dans ces temps d'ignorance.
Qu'a-t-on dit de nos jours avec plus d'assurance?
Hume et Locke ont été les apôtres des sens,
Leibnitz, religieux, a pris d'autres accents;
Condillac, le sceptique, a prêché l'analyse;
Malebranche est dévot et spiritualise.
N'est-ce pas là toujours cet éternel combat
Entre l'âme et les sens? L'ennemi qu'on abat
Se relève aussitôt, fort de nouvelles armes;
Alors d'autres combats, alors d'autres alarmes,
Et toujours, et toujours... Pour nous la vérité
Brillera-t-elle enfin? Depuis l'antiquité,
A part quelques progrès de méthode et de forme,
Malgré tout ce qu'on change et tout ce qu'on réforme,
A-t-on fait un seul pas? Qui pourrait, aujourd'hui,
Indiquer sûrement une base, un appui,

Pour nous faire trouver la source des idées?
Pourra-t-on jamais voir ces questions vidées :
La révélation, et la cause et l'effet?
Que dire dont on soit pleinement satisfait?
Notre pensée a-t-elle une source divine,
Ou tient-elle des sens sa vulgaire origine?
L'âme et le corps, ensemble à vivre préparés,
Ne sont-il qu'un, ou bien deux êtres séparés?
D'une chose avons-nous l'opinion innée,
Ou ne peut-elle enfin ne nous être donnée
Que par l'expérience? A quel homme savant
Nous adresserons-nous sur ce terrain mouvant?
C'est pour nous un dédale, une mer sans rivage;
Toujours environnés du plus épais nuage,
Nos yeux cherchent enfin à découvrir le jour
Qui doit luire au delà du terrestre séjour.
Que devient donc alors cette philosophie?
Que vient-elle annoncer à quoi l'on se confie?
En elle devons-nous rechercher toute loi
Pour guider nos esprits, affermir notre foi?
L'on ne pourra jamais satisfaire en notre être
Et le besoin de croire et celui de connaître.
Pour quitter ce séjour, pour comprendre les cieux,
Il faut placer d'abord un bandeau sur ses yeux.
N'approfondissez pas : la foi, c'est l'innocence
Et l'innocence ignore. Adam, dès qu'il connaît,
Perd la foi, son espoir, et Dieu le méconnaît.
Pour dérober au ciel la flamme redoutée,

Tu dus savoir aussi, malheureux Prométhée !
Ce crime te perdit sans espoir, sans retour;
Ton sein fut déchiré par un cruel vautour.
Au fond, n'est-ce pas là toujours la même histoire ?
De ces ambitieux l'éternelle mémoire .
Ne prouve-t-elle pas au curieux mortel
Que la science, hélas ! est un fatal autel ?...
Heureux donc le berger au fond de son village,
Il croit, car il ignore; il est seul le vrai sage.
Dans son âme l'espoir s'élève triomphant.
Vrai, candide et naïf, c'est encore un enfant;
Il est l'image enfin de la simple nature,
Car il est éloigné de toute source impure;
Il n'a pas, comme Adam, touché l'arbre fatal
Qui devait lui donner la science et le mal.
Oh ! n'interrogez pas les penseurs ni l'histoire,
Vous qui cherchez le ciel, ô vous qui voulez croire !
Une sublime main n'a-t-elle pas écrit :
« Heureux, trois fois heureux sont les pauvres d'esprit. »
Eh ! ne voyez-vous pas que, par la controverse,
Au lieu de convertir, dans notre âme on ne verse
Que l'embarras, le doute, et qu'on vient obscurcir
La croyance et la foi qu'on voulait éclaircir?
De la religion j'aime la poésie,
Mais non des discoureurs l'oiseuse fantaisie,
Et, prenant le parti de l'incrédulité,
Je montre des débats la superfluité.
Des sentiments pieux je reconnais le charme;

Mais, pour les inspirer, si l'on se sert d'une arme,
Je résiste et combats. Oui, j'aime le flambeau
Qui doit guider nos pas jusqu'à notre tombeau!
J'aime que ce rayon d'une céleste aurore
Rende nos jours sereins, les éclaire et les dore;
Que chaque homme, ici-bas, vertueux par envie,
Croie en des jours plus beaux que ceux de cette vie;
J'aime que la misère et la pâle souffrance
Ait d'un bonheur futur la secrète espérance;
Que la mère éplorée, à genoux à l'autel,
Demande au Dieu d'amour le bonheur éternel
Pour son unique enfant qui n'est plus sur la terre;
Que le pauvre orphelin, malheureux, solitaire,
De ceux qu'il a perdus, gardant le souvenir,
Espère les revoir dans un monde à venir;
J'aime la douce voix de cette jeune fille
Qui récite, à genoux, à toute sa famille,
La prière du soir; l'enfant naïf et pur
Qui lève ses grands yeux vers le ciel tout d'azur,
Et demande en rêvant si c'est là la demeure
De son ange gardien qui le veille à toute heure;
J'aime surtout la voix de douceur et de paix
Qui, de nos maux nombreux, nous allége le faix,
Qui pénètre les cœurs de sa sainte parole,
Nous apporte l'espoir, nous charme et nous console;
Qui vient dire aux mortels rassemblés et nombreux :
« Mes frères, aimez-vous et vous serez heureux ! »
Cette éloquente voix d'un ange tutélaire,

Qui vous parle de Dieu sans haine et sans colère,
Indique le chemin du bonheur et du ciel
Sans jamais distiller une goutte de fiel;
Qui, par la charité, vient réchauffer notre âme,
Fait descendre d'en haut là rayonnante flamme,
Répand, comme des fleurs, les vertus sous nos pas,
Donne, en un mot, la foi, mais ne l'impose pas.

1850.

FIN.

TABLE

www.ingramcontent.com/pod-product-compliance
Ingram Content Group UK Ltd.
Pitfield, Milton Keynes, MK11 3LW, UK
UKHW021113220726
13924UKWH00004B/1695